李辉

匠心至纯，热爱如初

守护电网，使命必达

“大国工匠人物传”丛书

李辉

彩云之南的『追光者』

胡修平◎著

中国工人出版社

图书在版编目（CIP）数据

李辉：彩云之南的“追光者”/胡修平著. 北京：中国工人出版社，2025. 9. -- ISBN 978-7-5008-8769-0

Ⅰ. I25

中国国家版本馆CIP数据核字第20256X0745号

李辉：彩云之南的“追光者”

出 版 人	董　宽
责任编辑	葛忠雨
责任校对	张　彦
责任印制	黄　丽
出版发行	中国工人出版社
地　　址	北京市东城区鼓楼外大街45号　邮编：100120
网　　址	http://www.wp-china.com
电　　话	（010）62005043（总编室） （010）62005039（印制管理中心） （010）62379038（社科文艺分社）
发行热线	（010）82029051　62383056
经　　销	各地书店
印　　刷	宝蕾元仁浩（天津）印刷有限公司
开　　本	880毫米×1230毫米　1/32
印　　张	5.75
字　　数	97千字
版　　次	2025年9月第1版　2025年9月第1次印刷
定　　价	49.00元

国之大者，工匠先行

——“大国工匠人物传”丛书总序

在中华全国总工会成立100周年之际，全国总工会宣传教育部、中国报告文学学会、中国工人出版社联合开展了“文艺工作者走基层”活动，推出“大国工匠人物传”丛书，向全国总工会献礼，向广大劳动者致敬！

“知者创物，巧者述之守之，世谓之工。百工之事，皆圣人之作也。”这是中国所见年代最早的关于手工业技术文献《考工记》中对工匠的记载。“工”之责在于造物，“匠”者为能工鼎识者也。

幼时，老家云南昆明大板桥的老街上，从南头到北头，都是大大小小的手艺人，木匠、石匠、焗匠、骟匠、竹篾匠、鞋匠、箍桶匠……空气中飘荡着木匠的刨花香和石匠敲打出来的粉尘，充满着焗匠手中皮带的“吱扭扭”声、骟匠刀下小猪猡的闷哼、箍桶匠皮锤不轻不重的敲击声。老街上的竹篾匠是我的一个表姨夫，他来自四川，有着一手出神入化的编造竹篾手艺。粗壮的毛竹是表姨夫手中的“百万雄兵”，在一把锋利无比的刀的指挥下，被劈成厚薄、粗细不一的篾。表姨夫的本领仅次于撒豆成兵的天神，他能化篾成物，一般家里能见到、用到的器物，他都能用竹篾编出来。母亲曾命我在老街上买一个暖水瓶的内胆，然后去表姨夫的摊位上，坐等他为暖水瓶胆编制一件竹制的外壳。那个暖水瓶至今还在我家老屋的一个角落里。竹篾壳早已被岁月包了浆，虽然久不使用，却依然油润、红亮。这便是我幼时对匠人的记忆。

五千多年的中华历史长河中，涌现出了无数能工巧匠，他们或如明月光照，或如星河璀璨。一代代薪火相传的工匠精神，不仅成就了那些流芳百世的绝世建筑与器物，更是烛照我们通向文明现代化进程的精神之光，是我们文化的自信心、民族的根与魂。

从“嫦娥”探月到“祝融”探火，从“北斗”组网到“蛟龙”深潜，从港珠澳大桥横跨三地到大兴国际机场凤凰腾飞……这些挺起中华民族脊梁的大国重器、世纪工程背后，无不凝聚着万千工匠的心血和汗水，映照着工匠们孜孜以求、拼搏奋进的身影。

本套丛书收录的是全国总工会历年评选出的大国工匠

的人物传记。他们当中有焊接高铁的“工人院士”李万君、打破国外高端设备维修垄断的王树军、让中国锻件立于世界之巅的刘伯鸣、“人刀合一”的顶级钳工李凯军、在高空“穿针引线”的竺士杰、油田里的创新能手刘丽、了不起的“钢铁裁缝”艾爱国、数控机床上的“雕刻师”孟维、让三星堆文物“活”起来的郭汉中……他们有的是传统加工业的锻造者，为了突破技术瓶颈精益求精；有的是新兴制造业的探路者，为了实现精密制造巧思妙想；有的是军工行业的铸剑者，为了打造国之重器默默坚守；有的是民间手工艺的守护者，为了传承非遗文化精雕细琢……他们奋战在国防军工、装备制造、传统工艺等行业的第一线，以久久为功的钻研和创新，造就了一个个传奇。

这些杰出的工匠，尽管行业不同、岗位不一，成长经历各异，但他们都有着爱党爱国、敬业奉献、创新争先的优秀品质。他们耐得住清贫与寂寞，用灵巧的双手和精湛的技艺，数十年如一日地在平凡的岗位上雕琢自己心中的梦想，以实际行动诠释着“执着专注、精益求精、一丝不苟、追求卓越”的工匠精神。“天下大事，必作于细。”工匠精神既是中华民族技艺世代传承的价值理念，又是中国开启新征程，从制造业大国迈向制造业强国的时代需要。

“大国工匠是我们中华民族大厦的基石、栋梁。”2024年3月5日，习近平总书记参加十四届全国人大二次会议江苏代表团审议时强调“树立工匠精神”，指出“没有金刚钻，揽不了瓷器活”，要“把第一线的大国工匠一批一批培养出来”。党的十八大以来，习近平总书记对建设高素质劳动大军高度重视，强调“当代工人不仅要有力量，还要有智慧、有技术，能发明、会创新，以实际行动奏响时代主旋律”，深刻阐述工匠精神“执着专注、精益求精、一丝不苟、追求卓越”的内涵要义，号召全社会弘扬工匠精神，“为全面建设社会主义现代化国家、实现中华民族伟大复兴的中国梦提供有力人才和技能支撑”。

“匠心聚，百业兴。”无论是传统产业，还是新兴产业、未来产业，大国工匠在发展新质生产力的历史进程中不可或缺。随着经济发展方式转型和产业结构升级，中国要实现由制造大国向制造强国的转变，实现由中国制造向中国创造的跨越，离不开广大劳动者的创新和创造，更离不开对工匠精神的继承和发扬，于是呼唤更多大国工匠成为时代强音。

文艺是时代进步的号角，最能代表一个时代的风貌，最能引领一个时代的风气。中国报告文学学会、中国工人出版社联袂推出“大国工匠人物传”丛书，以图书的形式为大国工匠树碑立传，让他们的故事和精神具有更广泛的交流传播价值和长久的史料价值。本套丛书的写作者奔赴大国工匠生活的城市，深入大国工匠工作的厂区、车间、工作室，获取了全面细致的第一手材料，最终将大国工匠的成长、成才故事呈现在读者面前。

“大国工匠人物传”丛书讲述的是个人奋斗史，也描绘出大国工匠的群体形象。可以说，这套丛书是目前国内系统研究众多大国工匠人生轨迹的权威读本，既有对每位大国工匠的整体介绍和事迹梳理，又有具体的事件、案例，全面、生动地展示了大国工匠各个人生时期的工作和生活状态。

新时代是奋斗者的时代，中国式现代化建设新征程这一宏伟事业为广大工匠技能人才成就梦想提供了广阔舞台。每位劳动者都是主角，都可以成为工匠精神的践行者。大国工匠是新时代的最美奋斗者，更是和平年代当之无愧的英雄。

国之大者，工匠先行，向着中华民族伟大复兴的目标砥砺奋进，行稳致远。

是以为序。

目　录

序章 “崇尚劳动”的人生底色

童年是坐标，记录着人生起点，也联结着未来之路。大国工匠、工人发明家李辉的故事，要从他的童年说起。

1971 年 9 月，李辉出生在河南省驻马店专区泌阳县立新公社。泌阳县位于桐柏山区，地处南阳盆地东缘和千里淮河上游，是盘古文化的发祥地。李辉的童年，就是在特别崇尚英雄的泌阳度过的。童年最大的快乐，就是听盘古开天辟地和岳飞精忠报国的英雄故事。给李辉讲故事的人，是特别疼爱他的姥姥。

姥姥讲，最初的世界一片混沌，有一个伟大的创世英雄盘古，他手持巨斧开天辟地，又把整个身体奉献给了天地。后来，盘古的左眼变成了太阳，右眼变成了月亮，血液变成了淮河。姥姥经常说：“我们泌阳人啊，生活在淮河源头，是喝着盘古的血汁长大的。”

父亲和母亲的很多故事，也是姥姥讲给李辉听的。

李辉的父亲叫李治斌，1937 年出生在河南省泌阳县楼房沟村，李辉的母亲叫高荣琴，与李辉父亲同龄，出生在隔壁玉皇庙村的一个普通庄户人家。

李辉的父母一辈子相濡以沫，却是先结婚，后谈恋爱。

他们出生的 1937 年，是充满苦难的一年。1937 年 7 月 7 日，日本侵略军在北平卢沟桥附近挑起事变，中国驻军奋起抵抗，史称“七七事变”。但 1937 年注定载入史册，这一年，中国共产党号召全民族团结抗战。后来，无数中华儿女抛头颅、洒热血。与敌抗争，到 1945 年，才把日本鬼子赶出了中国。

河南地处抗战的前线，加上旱灾、涝灾、蝗灾等严重的自然灾害，老百姓的生活极度困苦。

姥姥说，因为出生不久就没了父亲，李辉的父亲李治斌小时候非常苦。虽然家里很贫困，但李辉的奶奶还是咬紧牙关把李治斌送进学堂，为此还把家里的牛卖了。新中国成立后不久，李治斌读完中学，要参加高考了，结果在考前突然患了一场重病，连考场都没有力气走进去，就失去了高考的机会。后来，曾经教过他的一位老师当了铁路干部。在老师的帮助下，李治斌成为一名铁路建设者。此后，从宝鸡到兰州，从西宁到昆明，李治斌和战友以“汗

李辉的父亲和母亲婚后合影

水融化千层岩，风枪打通万重山”的英雄气概，死战生命禁区，鏖战群山峻岭，苦战巴山蜀水，将青春和热血毫无怨言地奉献给了新中国铁路建设事业。

姥姥也给李辉讲妈妈高荣琴的故事，姥姥只有高荣琴这一个孩子。

高荣琴当年虽然是女娃子，但十多岁就当上了生产队队长，是特别勤劳和追求上进的农村妇女干部。当上生产队队长不久，为了响应国家提出的治理淮河和大搞农田水利建设号召，高荣琴就举着红旗，带着一队社员上了治理淮河的工地。冬天搞水利建设，那是真的苦。高荣琴发现，自己一镐子砸下去，泥地只是起个白印子，根本挖不动，就继续砸，直到砸出一个坑。那段时间，靠镐子、铁锹和撬杠等劳动工具，高荣琴和社员们用蚂蚁啃骨头的精神，为一大批农田水利工程建设作出了贡献。后来，社员们在报纸上看到“铁姑娘”郭凤莲的事迹，就觉得高荣琴就是身边的“铁姑娘”，是身边的“郭凤莲”。

李辉小的时候，父亲常年在遥远的地方工作，母亲则是先当生产队队长，后来又被公社信用社调去做了会计，没有时间管他。于是，母亲就把姥姥接过来照顾李辉。所以，从记事起，李辉都是牵着姥姥的手，或拉着姥姥的青布衣襟，走过童年一个又一个无忧无虑的日子。

说起来，姥姥很早就守了寡，一辈子很不容易。

姥姥说，当时的泌阳兵荒马乱，兵匪横行。姥爷有一次出门做工，被乱兵暴打，3 天后就过世了。家里的顶梁柱倒了，有人就劝姥姥改嫁，好歹能活条命。姥姥看着年老体衰的公婆和嗷嗷待哺的女儿，毅然选择用自己的肩膀撑起摇摇欲坠的门户。

姥姥决定纺纱织布卖钱，养活一家老小。

当时手工织布，先要从采棉和纺线开始，要经过轧花、弹花、纺线等大小几十道工序。普通妇女一年能织粗棉布 10 机子左右，姥姥每年织的布是人家的三倍多。为什么比别人织得多，其实也没有别的好法子，只能靠起早贪黑。当时没有电，为了省灯油钱，姥姥自己摸索出高效的省钱办法：一是在别人歇下来的晚上，她摸黑搓棉线，就是在黑暗里凭借手感，把棉花搓成棉条棉线；二是每天凌晨四五点起床，利用晨曦的微光织布，就可以比别人多做些活；三是织布实在累了，就换着做针线活，毕竟纳鞋底也是一笔收入。但这样日子久了，姥姥的手就落下了残疾，左手大拇指总是翘着，放不下来。有一次找郎中看，郎中就叹息说：“这个手治不好了，筋已经断了。”

就这样，姥姥一边孝敬公婆，一边拉扯女儿，直到泌阳县迎来解放，日子才好过一些。

父亲李治斌在铁路工作 8 年，在一次返乡探亲的时候，被双方父母安排和母亲高荣琴见了面，两个人就结了婚。人总是离多聚少，直到很多年后，一家人才在昆明团聚。

在姥姥的手把手指导下，李辉很早就开始劳动。印象

全家人在昆明团聚后，李辉（后排左二）和家人在昆明圆通寺拍的全家福

最深的是剥棉籽，就是把公家不要的棉籽收集起来，用筐子装起来。一到晚上，姥姥就点着煤油灯，带着李辉剥棉籽。每一粒棉籽上都沾着一些棉花，积少成多就可以纺纱、织布、做棉袄。剥干净的棉籽，姥姥会去找人轧棉籽油，这个油现在已经很少有人吃，但当年用它炒出来的菜、炸出来的油条，是李辉一辈子也忘记不了的美味。姥姥还经常带着李辉剥蓖麻。蓖麻有毒，外面是小灯笼一样的硬壳，田野和山坡上到处都是。因为蓖麻籽可以榨出一种高端的航空润滑油，所以李辉小时候总是不停地剥啊剥，攒下一堆蓖麻籽后，就可以卖给供销社换回几角钱。

国家建设“大三线”时，修建成昆铁路和内昆铁路，父亲随工厂搬迁到昆明，这个工厂就是著名的中国人民解放军铁道兵第6441兵工厂。1980年，李辉读三年级的时候，父亲当上了厂政治处主任，夫妻两地分居的问题才得以解决。1980年，9岁的李辉随父亲来到了陌生的昆明。过了一年，妈妈带着姥姥和弟弟也来到昆明。一家人终于团圆了。

姥姥坚韧而慈祥，父亲勤奋而好学，母亲柔韧而刚强，他们三个人给李辉树立了人生榜样。回忆童年，李辉觉得最宝贵的一点，就是家族长辈给自己打下了“崇尚劳动”的人生底色。

第一章 兴趣照亮前行路

人生最大的幸运，莫过于找到自己的兴趣，然后倾尽一生去追求。

6441 厂的大人们都说，李辉这个娃娃性格内向，不爱和人说话。其实，大人们不知道，电与磁才是李辉与世界对话的主要方式，在这种奇特的对话中，他找到了少年时期的最大乐趣。而这份热爱，也是李辉最终选择继电保护专业的重要原因。

军工子弟的苦乐年华

6441 厂是一个大社会，不仅有自己的铁路线，还有自己的邮局、医院、学校、电影院、广播站、招待所和公安科、武装部。每天早上，人们听到的第一个高音就是雄壮高昂的军号声，在军号声中人们迎来朝阳。

由于远离昆明主城和企业办社会，有好几年的时间，李辉这个军工子弟，曾天真地以为——6441 厂就是昆明，昆明就是 6441 厂。

在组织的关心下，母亲仍然干老本行，当上了出纳。但她依然保持着在立新公社时期的勤奋，闲不下来。有一次，她偶尔结识一个在云南橡胶厂工作的老乡，就揽下云南橡胶厂加工橡胶手套的活。母亲白天上完班，到了晚上安顿好一家人的吃喝后，就不停地踩缝纫机一直到深夜。李辉第二天醒来，就看到缝纫机旁已经加工好一大堆手套，而当时加工一双手套可以赚 8 分钱。

工厂有 900 多名职工，加上家属有 3000 多人。职工来自五湖四海，有着不同的方言和不同的生活习惯。在这个高度封闭的社会，经过不断磨合，形成了独特的军工厂文化。

最明显的是语言。三线军工厂的语言具有明显的年代性，“厂一代”大多是新中国成立前出生，只会说方言；“厂二代”来厂里的时候年纪不大，在家里都会说各自家乡的方言，但互相交流的时候就说普通话。所以在6441厂，“厂一代”在一起聊天的时候，上海人说上海话，山东人说山东话，云南人说云南话，但彼此熟悉了，就都能听懂对方的方言。李辉从河南农村来到昆明后，要融入“厂二代”，第一个难关就是学说普通话。

有一天，老师点名叫李辉回答问题。李辉刚一开口，浓郁的河南乡音顿时逗得同学们哄堂大笑。回到家，李辉气恼地找到姐姐，要姐姐教自己普通话，因为姐姐那时候的普通话已经说得非常好，她梦想着去当厂播音员。晚上，李辉就跟着姐姐一句句地学说普通话，不断地矫正发音。念错了，姐姐就用书打一下李辉的脑袋，说声“真笨”。姥姥在旁边纳鞋底，听着姐弟两人念着普通话，笑得合不拢嘴，说：“这普通话没啥难的，听起来和我们泌阳话差不了多少，跟着你们听了一晚，我都学会了。”

三天过后，姐姐听着李辉字正腔圆的发音，开心地说：“好弟弟，差不多了，比你那帮同学说得还好，现在看哪个同学还敢笑话你！”

语言相通，确实有助于融入一个集体。但考验还在后面。

很快，李辉又遇到身份困扰，就是自己是不是“农民”。有一次放学，几个高出自己半个头的“厂二代”，半路拦住自己，不怀好意地问：“李辉，你姥姥是不是农民，你妈是不是农民？”

李辉见对方人多，怯怯地说：“我姥姥是农民，但我妈不是农民，我妈是干部，是公社银行的干部，还是党员。”

“呸、呸、呸！看你妈穿的衣服，就是农民，你妈是农民，你姥姥是农民，你也是农民。”几个“厂二代”接着嘲笑说：“河南担，河南担，一根扁担，两个箩筐，一头挑小孩，一头挑破烂。”

李辉怒了，骂自己就算了，竟然骂妈妈和姥姥，于是跳起来一拳下去，打在领头的一个半大孩子的脸上。血从对方的鼻子里流出来。看见闯了祸，几个“厂二代”一哄而散，只留下被打的孩子呜呜哭。

傍晚，对方家长找上门来，引来不少人看热闹。父亲此时在家，先是赔礼道歉，然后又赔医药费，把来人打发走了。

轰走看热闹的邻居，父亲关上门，严肃地对全家人说：“今天我们开个家庭会议，李辉你过来，爸爸有几句话跟你说。”

李辉低着头，慢慢走到父亲身边，做好了挨打的准备。但父亲没有打他，只是缓缓地说：“首先你要明白，打人是不对的，特别我现在是厂政治处主任，你这一拳下去，会有多少人背后说我闲话？其次，遇到这种问题，他们无论说什么，不要理他们，更不能动拳头。”

父亲一顿猛批，李辉的头更低了。

父亲继续语重心长地说：“今后，你要永远记住一个道理，拳头解决不了问题，冲动行事只会害人害己。今晚你要写份检讨交给我，看你的认识是否深刻。”

李辉“嗯”了一声，泪水流了下来。

但姐姐觉得不是李辉的错，为弟弟打抱不平说：“爸爸，这不能都怪李辉，我们班也有人问我是不是农民，阴阳怪气的，我把他们骂回去了！”

父亲听了，突然抑制不住内心的激动，提高声调说道：

“农民没有什么丢人的，往上数三代，谁不是农民出身？我们这红色的江山，难道不是工农一起打下来的？”

“很多人才进城吃了几天饱饭，就忘本了，忘记了自己的根，这种看不起农民的风气要不得！”

“我看啊，就这样，今后再有人问你们是不是农民，你们就告诉他们，我们家永远都是农民子弟，这没有什么丢人的！”

这次家庭会议后，李辉写了检讨，向父亲承认了错误，深刻认识到“拳头不是解决问题的方法”，这个风波

李辉父亲（前排右一）和同事在工厂大门前合影

才平息下来。

随着时间的流逝，李辉终于慢慢融入了“厂二代”，而且有了两个要好的同学，同时也是最好的玩伴。一个是李西南，外号“老虎”，长得敦敦实实，江苏宿迁人，爸爸是厂里有名的七级钳工；一个是章六枝，外号“猴子”，小小瘦瘦的，但人极精明，湖北黄陂人，爸爸是开卡车的。三个人每天一起上学，一起放学。遇上厂里放电影，三人就结着伴，早早地搬着凳子去放电影的篮球场占位子。到了篮球场，先用砖头在地上画一个红圆圈，然后写上自己的名字。这个画圆圈里的地方，就成了自己的地盘。当时，占位子是孩子们快乐的“江湖”，经常会为此吵架，但三个小伙伴团结起来，就不怕大孩子欺负。

20 世纪 80 年代初期，云南边境仍在打仗。老山轮战的时候，面对越军炮火的威胁，建设防炮掩体非常重要。“猫耳洞”是解放军独创的一种野战防御性工事，顶部尖，底部宽，就像猫的耳朵，用螺纹钢、水泥、沙土包等物资建成，可以有效抵御敌人的大规模炮击，有效保护士兵的安全。当时，6441 厂承担着前线急需的“猫耳洞”战地掩体和野战阵地弹药工事等支前物资生产任务。全厂干部职工不分白天黑夜，加班加点保证前线急需的物资供应。

1984 年 7 月 12 日，老山战役最紧张的时候，前线急需炮弹。章六枝的爸爸章师傅，正好驾车运送支前物资到我国云南省与越南接壤的“军城”蒙自，突然被几个军人拦下来。听说前线急需炮弹，章师傅二话不说，就掉转车头去军火库拉炮弹，一直把整车的炮弹送上前线。那天的战况非常激烈，越军孤注一掷地往上冲，我军向越军发射了几万发炮弹，彻底击溃了越军。此战之后，越军再也没有对我军发动过团以上级别的进攻。章师傅也因此成为全厂的英雄，章六枝一夜之间也成为全班的“英雄”。

1984 年 8 月，昆明军区司令部授予 6441 厂“支前先进单位”称号，并赠送“支援前线、保卫边疆”锦旗。1985 年，昆明军区后勤部又赠送 6441 厂“支援两山战斗、保卫四化建设”锦旗。那段时间，大人们每天都在议论中越边境前线的战事，厂广播站也一遍又一遍地播放《小草》和《血染的风采》。有一次，章六枝郑重地说：“越南鬼子太猖狂了，我们如果要打败一切野心狼，还是要习武，要像霍元甲和陈真这样，才能保家卫国。”

厂里有一个姓张的退伍军人，在自卫反击作战时曾当过突击队的班长，少年们都叫他张叔叔。李辉发现，张叔叔这个人性情有些孤僻，平日不搭理人，喜欢深居简出，大人们私下都说他是个“怪人”。有一天，李辉带着两个小伙伴找到张叔叔，说要拜师习武。这个平日不苟言笑的“怪人”，脸上突然露出温暖的笑容，竟然答应了。好在当时没有太多家庭作业，每天晚上，张叔叔就带着三个半大小子在一块草地上习武。大约学了一个月，他们就把通背拳、捕俘拳都练熟了，张叔叔就说：“我就教你们这么多，今后主要靠你们自己练习。总之要记住，练武没有捷径，没有速成，贵在勤学，贵在苦练，贵在坚持！”

初识电与磁神秘世界

20 世纪 80 年代，尽管战争的威胁依旧存在，但和平与发展却成为世界发展的主流。党的十一届三中全会实现历史性转折，把全党工作的重点转移到经济建设上来，一心一意搞现代化，发展生产力。

1984 年 1 月 1 日，在百万大裁军的背景下，中国人民解放军铁道兵部队集体转业并入铁道部，成立了铁道部工程指挥部。6441 厂也在这个历史大潮中，第二次军转工，改名为铁道部工程指挥部昆明机械厂。

回归铁道部不久，李辉的父亲被提升为厂党委副书记，工作更加忙碌了，经常深夜都在工作。李辉记得，晚上玩累了从厂办公楼下经过，父亲的办公室还亮着灯。

五年级的时候，李辉非常羡慕那些作文好的同学，因为作文写得好，就有机会被老师点名，面向全班同学大声念自己写的作文。姐姐已经上初三，不仅作文写得好，还是班上出黑板报的主力，李辉就去找姐姐请教写作文的奥秘。姐姐叹口气，说："你呀，真的是给爸爸丢人，爸爸写的文章是整个厂里最好的，你竟然连作文都写不好！"

姐姐又问："弟弟，你知道爸爸的外号是什么吗？"

李辉摇头："爸爸还有外号，我真的不知道。"

"小邓拓，"姐姐神气地说："你知道邓拓不？他曾经当过人民日报社的社长兼总编辑，写的文章特别好！"

李辉这才知道，每天很晚都在办公室写材料的父亲，写的文章竟然达到"小邓拓"的水平了。

"我告诉你作文写得好的秘密吧，"姐姐神秘地说："厂党委宣传部有一个仓库，里面全是书，还有各种各样的报纸和杂志，多看看就会写作文了。"

李辉听懂了姐姐的意思，如果想写好作文，就要多阅读书和杂志。于是，李辉开始大量地阅读课外书籍。李辉最喜欢看的书，是《十万个为什么》等科普书籍，这一点他和姐姐很不一样。

有一次，李辉在车间里捡到一块旧磁铁，乐此不疲地玩了一整天。李辉苦苦地想，磁铁为什么能吸引铁钉？这个世界一定有很多真实存在的东西，但眼睛却看不见。也就是说，眼睛看到的不一定是真相，物质是否存在，并不取决于眼睛能否看见，而在于科学的探索和发现。

那段时间，李辉去厂图书馆和学校图书馆，看了很多关于磁铁的书籍，也了解了很多有趣的知识。比如，秦始皇为了防备刺客，按照“磁石召铁”的原理，在阿房宫北门安装了磁石门，成为世界上第一个磁性安保装置。再如，晋朝有一个叫马隆的将军，在河西走廊和鲜卑交战的时候，事先派人将大量磁石偷偷放在一条狭窄的山谷中。交战的时候，鲜卑将士由于身披铁甲，被吸在磁石上动弹不得，如同中了孙悟空的“定身法”，而身披犀牛皮做的铠甲的晋军因此大获全胜。

李辉还记得有本书上说，地球本身是一块巨大的磁铁，而太阳也产生磁场，其活动直接造成了太阳黑子、耀斑、日冕等现象。于是，李辉特别想到云南天文台去借助望远镜看看太阳到底长什么样。

昆明东郊有一座凤凰山，离工厂只有两三公里，上面建有高耸入云的云南天文台，还有一架 130 毫米赤道式折射望远镜。1972 年，云南天文台专门设计和建设了面向社会公众，特别是面向广大青少年学生开展科普活动的专用设施——科普楼。在学校老师的帮助下，李辉终于有机

小时候，李辉陶醉在电与磁的世界里

会登上凤凰山天文台，第一次用专业的观日望远镜观看太阳。李辉看到，太阳原来是一个红红的大饼，再细心看，太阳边缘有细微的毛边，就是老师曾经说过的“日珥”。

这天下山回来，李辉问姐姐：“太阳表面温度高达5500摄氏度，把地球都能晒热。为什么我在天文台看太阳，那么高的温度，没有把我的眼睛‘烧煳’？”

姐姐皱着眉头想了想，也想不出答案，就把李辉带到自己的一个男同学家去请教。姐姐有个同学叫张立杰，瘦瘦的，戴着眼镜，数学和物理成绩非常好，是全厂有名的“无线电迷”，曾亲手组装过矿石收音机和电子管收音机。

在20世纪七八十年代，收音机还属于奢侈品，普通人家买不起，只有家庭没有负担的双职工家庭才有能力买。张立杰能组装出收音机，所以在整个“厂二代”里面知名度很高。

走进张立杰的房间，李辉像刘姥姥进大观园——眼花缭乱，再也舍不得挪开一步。只见一个简易工作台上，摆着电烙铁、变压器、三极管、椭圆形喇叭，还有各种闻所未闻的电器元件。

姐姐说：“老同学，我弟弟有个问题，为什么在天文台观日望远镜里看太阳，眼睛却不会‘被烧煳’？”

张立杰笑着说："原因很简单啊，因为太阳光实际上是一种电磁波，包括红外线、可见光和紫外线。"

李辉有些半信半疑，问道："如果太阳光是电磁波，那为什么放大镜能让太阳光点燃纸？"

张立杰说："你这个问题问得好，放大镜能让太阳光点燃纸，是因为电磁波也是能量的一种形式。杂志上说，美国有一种微波炉，就是利用电磁波来加热食物的。"

李辉请教了几个关于电与磁的问题后，最后指着工作台上的元器件，怯怯地问："立杰哥，这些我能不能摸一摸？"

张立杰很喜欢这个小弟弟，于是豪爽地表示："你随便看，随便摸，就是要小心一点，不要把那些二极管和三极管的引脚给我扳断了。"

认识了张立杰后，李辉有空就去找这个哥哥玩，还借了《矿石收音机》《少年无线电爱好者》等杂志回家看。当李辉参加工作后，在一次面对500千伏、重351吨大型变压器时，他突然想起一个温馨的场景：立杰哥带着自己，用直径0.08毫米的高强度漆包线，用了整整三天时间，亲手做出一个小小的收音机用的中频变压器。

改革开放带来新变化

20 世纪 80 年代开始，随着改革开放带来的冲击，6441 工厂也发生了很多变化。

1984 年，当工厂军转工后，由于没有了指令性计划，工厂生产经营一度十分困难，面临找米下锅的困境。为了生存，昆明机械厂经多方论证，最后把发展目标定位在现代化铁路养路机械这个蓝海市场。

中国早年的铁路养路水平很低，基本上靠人力养护。一条 12.5 米长的钢轨重达 625 公斤，仅搬动一条钢轨就需要 10 多个工人。一个工人捣固枕木时，每天大概要举起重达 4 公斤多的洋镐 2500 次，累计举重 10 吨多。

1988 年 3 月，铁道部通过多方比选，选定昆明机械厂为铁路大型养路机械定点生产厂，并协助其引进奥地利普拉塞公司的捣固车技术。为消化国外先进技术，昆明机械厂把自力更生、艰苦奋斗的精神发挥到了极致。经过两年努力，昆明机械重新设计了 4200 余张图纸，独立制造了 3 万多个零件，做到了图纸自行设计，零配件自主创新，人才自己培养。

1990 年 7 月，中国第一台 08-32 捣固车样机在昆明机械厂正式下线，这标志着中国大型养路机械制造实现了零的突破。记得下线剪彩当天，全厂人民欢天喜地，敲锣打鼓得像过年一样，从职工到家属，每个人脸上都洋溢着幸福和自豪。那一天，父亲回到家，非常高兴地告诉李辉："奥地利普拉赛公司代表都说了，我们昆明机械厂从技术转让到样机制造，都是全世界速度最快的厂家，我们这帮老军工人，没有给改革拖后腿！"

此后，通过引进技术消化、吸收和再创新，昆明机械厂开发了一系列新产品，实现了大型养路机械国产化配套，并逐步发展成为中国铁路大型养路机械设备的领军企业。

昆明机械厂蒸蒸日上的那段日子，李辉发现父亲开始写诗。有一年冬天，父亲从市区花一角钱买了 10 朵鲜花，当着全家人的面献给母亲。母亲接过花，找了一个瓷瓶插起来，嘴里嫌弃地说："买这些花花草草的干什么，又不能吃，又不能穿，这一角钱，还不如买把紫菜薹花，可以炒满满一大碗。"

李辉知道，母亲是怀念故乡的土地，想种菜了。

在小区院墙和楼房之间，夹着一块空地，母亲每次路过，总是说"浪费了，太可惜"。后来，母亲就叫上三个子女，用手推车一车一车地运土，把空地改造成菜地，并种上辣椒、大蒜、小葱、白菜、茄子、西红柿和南瓜。自从有了菜地，一家人就很少市场买蔬菜，特别是夏天豆角疯长的时候，菜地里的菜一家人吃不完，还可以摘一些送给邻居。

改革开放的春风吹过大地，也拨动了无数在农村面朝黄土背朝天的年轻农民的心弦。他们怀着梦想从农村来到城市，起步之初，都是投亲靠友，普遍干着又脏又累的工作。

李辉上高中的时候，陆陆续续就有泌阳老家的打工人，有楼房沟村的叔叔、姑姑、侄子，有玉皇庙村的姨姨、舅舅、妗子，还有亲戚的亲戚，朋友的朋友，都拖儿带口地来昆明投靠“当上大官”的父亲。来了老家的客人，姥姥和母亲先到菜地里去摘菜，然后去市场买半斤肥肉和一斤瘦肉做青菜炒肉，加上从市场带回的几十个馒头，就可以热情地招待客人。

每逢春节，没有回去过年的乡亲，会来家给姥姥拜年，母亲会事先准备很多装压岁钱的红包，有的包 5 元，有的包 10 元，由姥姥发给晚辈们。但家乡来了人，母亲要做的事情远不止招待客人和给红包。亲戚来了，到哪里打工，能不能结到工资，她都要操心。父亲对母亲做的这些事虽不插手，但也不反对，还曾经诗情画意地对子女说："我和你妈都是老家飞出的蒲公英种子，只不过飞得远一些罢了，故乡的养育之恩，还是不能忘。"

就这样一传十,十传百，李辉家作为"河南驻马店驻昆办"，先后帮助过160多个家乡来的人。

有的人来了，即便在昆明生活多年，但心理上的"家"始终是农村的家乡，就用打工挣来的钱在家乡修了房子，又回去了。有的人一开始并没有打算在昆明长住，但慢慢地做着做着，遇到合适的契机，当上了小老板和包工头，就扎下了脚跟，逐渐融入了昆明这座温暖而包容的城市。

爱好成为一生的专业

时间如细沙流过指尖，留下的不仅是岁月的痕迹，更是无尽的感悟。

1990年，李辉上高三的时候，姐姐的同学张立杰已经是昆明理工学院的一名大三学生。谈起填报志愿的困惑，张立杰建议说："李辉，现在的热门专业有国际贸易、金融、外语等，但我希望你不要跟风，而是要把爱好变成专业，再变成工作，最后变成事业。”

高考成绩出来后，李辉的分数只上了省重点中专线。当时的中专毕业生，国家不仅包分配，上学期间还有生活补助金，也算捧上了“铁饭碗”，所以全家人都很高兴。填报志愿的时候，李辉想起了张立杰大哥哥的话，就选择了贵州电力学校继电保护专业，成为学校继保 1990 届的一名新生。

电力系统是人类创造的最复杂的工业系统之一，保障其安全稳定运行，是一个世界级难题。因此，学好继电保护不仅需要具备扎实的电力系统基础知识，还需要对电子技术、电路分析、电磁场理论、信号处理等多个学科领域有所了解，对学生的素质要求较高。

在当时的西南地区，只有贵州电力学校开设了继电保护专业课程。

贵州电力学校位于贵阳清镇市红枫湖畔，所以大家也称学校是“红枫电校”。红枫湖水域面积有 57.2 平方公里，相当于 6 个杭州西湖的大小。湖里有大大小小 178 个岛屿，其中有一座桃花园山，有上百株野生枫树，每到金秋，枫叶红似火焰，映得满湖通红，所以该湖就得名红枫湖。

那时学校管理非常严格，每天要出早操和上晚自习，

红枫湖畔

晚上还要查寝，很多同学就感慨上中专比上高中还没有自由。

班主任教学严谨而富有实践经验。开学第一天，班主任用一节课的时间，不仅开宗明义讲述了专业的重要性，还讲了如何学好专业的经验体会。

继电保护装置虽然十分复杂，但分解开来主要由三个部分组成：测量部分、逻辑部分和执行部分。测量部分负责测量电流、电压、阻抗等参数，并与整定值进行比较，以确定是否发生故障，并输出相应信号至逻辑部分；逻辑部分根据测量部分输入的信号进行逻辑判断，并将判断结果输出至执行部分。执行部分根据逻辑部分输入的信号执行保护装置的任务，如跳闸或发出信号等。通俗地说，一名优秀的继电保护技术人员，要善于第一时间发现故障，第一时间判断故障，第一时间解决故障。

怎样才能学好专业，班主任给出建议：建立哲学思维和逻辑思维，善于从原理上理解自己的专业，掌握好复杂系统的三大理论，即系统论、控制论与信息论。

年少时，总是嫌自己的老师喜欢“唠叨”，恨不得一节课，就把所有的知识都“唠叨”进你的大脑。但人到中年后，当李辉自己也成为一名带徒弟的“老师”时，才觉得当年班主任老师的话字字珠玑，句句金玉。在后来的工作实践中，李辉总是用这三大理论武装头脑，并指导实践、推动工作、解决问题。

在贵阳读书的时候，李辉印象最深刻的，除了老师的“唠叨”，还有当时的校园文化。

20 世纪 90 年代初期，正是校园文化蓬勃发展的时候，全国都形成了别有风味的城市高校顺口溜。其中，最典型的是：

> 某院女生一回头，吓死河边一头牛。
> 某院女生二回头，飞沙走石鬼见愁。
> 某院女生三回头，全体男生齐跳楼。
> 某院女生四回头，长江之水往回流。

这些简洁押韵的顺口溜，因为各地相互借鉴，相似度很高，虽然主要内容是调侃自己所在学院的女生长得丑，却以“正话反说”的含蓄，真实反映了那个年代年轻人对爱情的渴望和追求。这些风靡全国的高校顺口溜，也影响了贵州电力学校的年轻人。

学校有一个高大的灯塔，下面是足球场和篮球场。从灯塔处右转前行，就是学校唯一的一栋女生宿舍楼。当时女生上电力学校的很少，所以男生就流行一句话，叫“电校女生齐回头，山崩地裂水倒流”；相对地，女生中也流行一句话，狠狠地回击了男生，叫“电校女生是很丑，但是我却很抢手”。

19 岁的李辉属于晚熟的类型，对这些顺口溜反应非常迟钝，他觉得谈恋爱对自己来说还非常遥远。在他的潜意识里，既然没有打算白头到老，那为什么要神魂颠倒地谈恋爱呢？所以课外时候，他对女生们总是敬而远之，主要兴趣还是体育、武术和健身。

李辉一直没有忘记小时候学的通背拳和捕俘拳，在图书馆看书看累了，他会到操场打一趟拳，然后加入打篮球的队伍。那段日子，很流行健美，为了练出“八块腹肌”，李辉从俯卧撑和仰卧起坐开始，再到哑铃训练，不断加大训练量，但直到毕业，还是没有练出传说中的“八块腹肌”。

李辉同时还迷恋上了吹箫。儿童时期，母亲曾送给他一支紫竹做的竹箫，说是高家祖上传下来的。上中专后，李辉有一次随同学到贵州玉屏游玩，就买了一支有“贡箫”之称的玉屏箫。这种玉屏箫，以一种特有的水竹为原料，经过取材、制坯、雕刻、成品的 4 个工艺流程、24 道工序，最后在箫笛表面刻以诗、画，更显得古朴典雅。

月光如水的夜晚，李辉会在红枫湖畔找一个无人的地方，静静地吹几首曲子。在清扬婉转的箫声里，月光洒在水面上，波光粼粼地就像撒了一层银粉。仰望天空，看着从河南到云南，再到贵州一直陪伴自己的月亮，李辉

李辉（前二排右三）和贵州电力学校继保 90 班同学的毕业照

心中突然有些孤独。他想起了家人，想起了少年时候的玩伴“老虎”和“猴子”，也开始懵懵懂懂地遐思着人生和未来。

第二章 小荷已露尖尖角

当一名工人，有没有前途，能不能实现人生价值？

三百六十行，行行出状元。李辉认为，一线技术工人也有仰望星空的权利，只要不给自己的人生设限，永远保持一颗积极进取的心，工人同样能成为大时代的知识英雄。

师从继电保护“四大天王”

1992 年 10 月，李辉正式分配到昆明供电局东区分局工作，成为继电保护班的一名学徒工。

当时的东区分局，大家公认继电保护专业技术最牛的，当属“四大天王”。

余师傅资格最老、岁数最大，快要退休，算是“四大天王”之首。在东区分局待过的都知道，继电保护因其技术含量高，可谓整个云南电力系统电力人才培养的摇篮。当年和余师傅一起参加工作的，还有他带过的徒弟，甚至徒弟的徒弟，很多都成长为省局和市局、分局大大小小的领导。所以，当青工们看见那么多领导对余师傅毕恭毕敬时，背地里就称余师傅为“余老总”。

张班长是继电保护班班长，上海知青，40 多岁，资历仅次于余师傅。他是整个继电保护班的技术台柱，很多人不敢动手的危险回路调试工作，他轻轻松松就能搞定。张班长平日里衣服穿得工工整整，看起来非常威严，但说话却是轻声细语。当讨论起技术时，如果对方资历和层级达不到，他就提高嗓门说一声：“小毛猴子，你这个技术水平去找别人，在我这里免谈。”

宋技术员担任班组技术负责人，30 岁出头，是位女同志，科班出身，在整个继电保护班学历最高，但资历尚浅，就给张班长当助手。平日里，无论哪位青工来找她请教，她总是和和气气的，就像一个大姐姐。但文无第一，武无第二，在开会讨论故障的时候，科班出身的宋技术员喜欢和张班长在技术上顶牛。这个时候，资历最老的“余老总”一般不吭声，喜欢“坐山观虎斗”。最后的结果，往往是“好男不跟女斗”，张班长会主动结束争论，败下阵来，但最后会抛出一句：“是骡子是马走着瞧，说得再好，还是要看方案的效果。”

郭师傅也是一位女同志，说话慢条斯理，40 多岁，技术特点是细心、细腻，善于从继电设备表现出来的异常细节，精准推断故障点，做到手到病除。郭师傅的这一点绝招，“四大天王”里的其他三位都非常服气。郭师傅还有个特点，就是非常细心收集了几乎所有继电设备的说明书和校验规程，保存了整整几大箱。有时候搞维修，大家正为没有设备说明书而苦恼，郭师傅就会变戏法地找出来。郭师傅虽然说话慢条斯理，但也是那种得理不饶人的大姐，平日里喜欢和“余老总”斗嘴，扯一些过去陈芝麻烂谷子的往事。

云南电力系统一直保持着“师带徒”传统，年轻人刚进来要当学徒，李辉就跟了技术非常细心、细腻的郭师傅。

李辉很快就发现，“四大天王”虽然性格不同、技术风格不同，但也有几个特别鲜明的共同点。第一点，都把技术视为自己的脸面，平日里相互较劲，就像电视剧《亮剑》里李云龙手下的几个营长，打起仗来互相不服气，但在急难险重的抢修工作中，大家又配合得非常默契；第二点，特别注重安全生产，都时刻强调“安全不抓出纰漏，快刀不磨会生锈”，是真正把安全生产做到了内化于心、外化于行；第三点，说话不绕弯弯，如果遇到棘手的故

1992 年 10 月，李辉正式分配到昆明供电局东区分局工作，成为一名电力工人。图为云南“西电东送”线路

障，大家不会说一些“你分析得很对，也抓到了点子上，但是……”，而是直接说“我觉得你说得有些不对，我们现在就来讨论一下”；第四点，对名利不放在心上，大家从来不去攀比住什么房子，穿什么衣服，也不羡慕谁停薪留职发了财。

一个人只有走向社会，才知道学校学的那点东西，简直肤浅得让人脸红。因此，刚参加工作的第一年，李辉平日里不是跟着老师傅们去变电站处理故障，就是待在宿舍里写当天的工作日记。工作有了空闲，就如饥似渴地看书。很多书上的原理知识，结合实际看第二遍，往往有新的认识。那段时间的学徒工李辉，如同一块饥渴的海绵，拼命地吸收着知识的营养，各方面得以快速成长。

比如，李辉现在把严格遵循检修工艺规程，看作继电保护工种的“生命线”，这一点是跟着“余老总”学的。青年人性子急，检查故障的时候，只检查正在使用的继电器接点，但“余老总”却不同，他总是把继电器的接点全部检查一遍。有时候，青工们私下抱怨这是“多此一举”，后来传到了“余老总”耳朵里，他并不生气，只是不紧不慢地教训年轻人：“毛主席都说了，事物是普遍联系的，整个世界是相互联系的整体，也是相互作用的系统，我们要用联系的观点看问题，不能头痛医头，脚痛医脚。”

当学徒不久，李辉就对安全生产有了体会。有一次，李辉和郭师傅去变电站检验保护装置。李辉跑得快，赶到现场后，就兴冲冲地准备做传动试验。他刚刚要去短接一只继电器接点的时候，恰好郭师傅赶到了，她一把抓住了他的手。原来，郭师傅赶来后，只是用眼睛一扫，就发现当班的电力运行人员，把停电检修设备和正在运行的带电高压设备安全隔离措施给弄反了，平日慢条斯理的她，出手竟然疾如闪电，不仅及时保护了李辉，还化解了一场安全事故。

在没有检修任务的时候，郭师傅总是督促李辉看技术资料，特别是把她收集的好几大箱子的继电设备说明书和校验手册，都认真看一遍。有一次趁四下无人，郭师傅悄悄地跟李辉说：“整个东区分局，只有我有这些宝贝，它们都是孤本，花多少钱都买不到，你把这些宝贝资料都熟悉了，就没有哪个年轻人能比得上你。”

除了工作，郭师傅还很关心李辉和工友的人际关系。当时李辉人年轻，想到什么就说什么，有时候得罪了同事自己却不知道。没有旁人的时候，郭师傅就像长辈一样唠家常，指导李辉如何为人处世，有些话该怎么换一个角度说。

李辉有时候遇到不懂的，也去请教科班出身的宋技术员。在宋技术员那里，李辉能得到不一样的收获——及时了解继电保护发展的时代潮流。

新旧更替，是时代的旋律，也是历史的必然。李辉参加工作的时候，正是云南电网大规模换装晶体管型继电器的时代。宋技术员介绍说，新中国成立初期，我国电力工业基础薄弱，还没有一家能生产继电器的企业。1950 年后，黑龙江省阿城区建立了我国第一个继电器生产厂，主要生产仿苏联的电磁型和感应型继电器，用于简单的电路保护和控制。随着半导体技术的发展，我国通过引进国外先进技术，也开始生产晶体管式和集成电路式继电器。有一天，宋技术员看了李辉的工作日记，突然很有感触地说："李辉啊，现在社会进步很快，几乎每过 10 年，继电保护技术就会升级一个台阶，你这么爱学习，有机会我给分局建议，派你到外地学习一次。"

李辉也经常去请教技术最全面的张班长，可张班长懒得搭理他这种半罐子技术的学徒工。但李辉也有办法"偷艺"，就是针对张师傅刚处理完的故障，在地上用砖块迅速画一张技术原理草图，然后故意提高嗓门说："班长，虽然故障是处理了，但你刚才是不是把原理弄错了？”张班长最爱面子，一听就急了，就大声训斥说：“你一个小年轻不要乱说，我哪里错了？”然后，一老一小就蹲在地上，围着一张草图辩论，而外围是一大圈看热闹的青工，偶尔也发表自己的观点。辩论的结果，大多是李辉输了，张班长就站起身来，非常得意地说：“怎么样，服了吧，还敢不敢说我错了！”

李辉就说：“班长，姜还是老的辣，我心服口服，对您崇拜得五体投地！”

但过不了多久，李辉又会去找张班长理论。这样一来二往，李辉开始慢慢了解张班长判断故障、处理故障的逻辑和思路。

南京苦学最新前沿知识

时光如细沙，从每一个工作日滑落，带走了初入职场的青涩，沉淀下的是青春的芬芳与记忆的美好。

继电保护班总是有人调走，又有新人进来。不久，又有几个大学生分进继电保护班，最引人关注的有两个。一个叫蔡如梦，是女生，父亲是清华大学的老牌毕业生。她不仅人漂亮，性格也活泼，青年人最喜欢和她打打闹闹。

一个叫戚远，是男生，毕业于大名鼎鼎的华北电力大学，喜欢皱着眉头琢磨事情。

虽然都是大学生，但几个老师傅却对戚远更加上心。

为什么呢？原来，在中国电气类高校中，有6所顶尖学府，被称为“二龙”和“四虎”，其中的“二龙”指的是华北电力大学和武汉水利电力大学（现已并入武汉大学）；“四虎”指的是清华大学、华中科技大学、浙江大学和西安交通大学。而华北电力大学，业内称为“华山派”，傲居“两龙”之首。再加上戚远又是东区分局分进来的第一个华北电力大学毕业生，不仅老师傅们对戚远高看一眼，李辉也特别想和这位出身名门的“华山派”交个朋友。

因为大家都住单身宿舍，李辉很快就和戚远熟悉起来。两个人经常一起去食堂打饭，一起去打篮球，也经常在一起讨论国外继电保护技术的最新发展。

但年轻人都喜欢争强好胜，再加上继电保护班崇拜技术的文化DNA也会“遗传”。有一次，在“余老总”和张班长的“怂恿”下，李辉和戚远就较上劲，最后干脆就请“四大天王”做裁判，搞了一次技术比武。

比赛规则是“四大天王”用旧的继电设备，模拟现实经常发生的故障现象，然后由李辉和戚远各自判断和动手解决故障，费时最少的获胜。这次比赛几乎吸引了全班人。在故障判断上，李辉和戚远各有千秋；但在动手解决故障上，戚远在焊接晶体管上丢了分，李辉胜出一筹。

面对比赛结果，戚远首先是大大方方地认输，然后不服气地说：“李辉，过一个月后，等我把电烙铁玩熟了，我们再比！”

但还没过一个月，在班技术负责人宋技术员的极力推荐下，李辉和其他分局的两位同事被市局安排到南京学习。

南京自动化研究所隶属中国电力科学研究院，是中国最权威的继电保护研究机构之一。改革开放后，该所一直承担着向国家重点电力工程提供配套保护的任务，在科技攻关、技术引进、消化吸收、科技创新等方面都取得了积极的成效，甚至很多领域都开始超越西方同类厂家。

李辉知道，能够到南京自动化研究所学习，意味着能够近距离接触最前沿的知识。

南京自动化研究所虽然欢迎云南同志来学习，但李辉他们毕竟只有三个人，还达不到办班条件。怎么办呢？南京方面在征求意见后，就把李辉三人安排到了调试车间去跟班学习。南京方面还诚恳地说：“其实，你们坐在教室学理论的实际效果并不好，还不如跟班学习来得快。”

在调试车间跟班学习，李辉的第一个感觉就是车间非常大，而且变压器保护、线路保护、母线保护等各类继电保护装置的调试生产线应有尽有。最重要的是，调试车间的领导和师傅们对云南的同志非常有耐心，不仅是有问必答，而且生怕他们听不懂。当时，师傅们先讲一遍，如果第一遍没有听懂，师傅们会不厌其烦地再讲第二遍，然后真诚地问：“听懂没有，要不要再讲一遍？”

刚开始，李辉他们三个人一起去车间学习。一个星期后，其他两位同事觉得在车间搞调试太枯燥，就不去车间了。他俩简单商量了一下，就让李辉一个人去当“代表”，生活上也就分开，各吃各的了。

在南京的这段时光，李辉的早餐是两个馒头，中午在职工食堂吃米饭，晚上回到招待所后，就随便找一家小面馆吃碗面条，或者干脆啃馒头。事实上，从贵阳读书开始，李辉在生活上就一直非常节俭，从不乱花一分钱。早上馒头，晚上也是馒头，有人就好奇地问李辉：“你每天吃馒头，能受得了？”

李辉回答说：“在我眼里，天下美味赛不过一个馒头，吃馒头就是享受。”

李辉说这句话的时候，态度是认真的。记得小时候，他家一天三顿都是苞谷糁红薯饭，菜就是姥姥腌制的咸菜和豆豉，能吃上一顿馒头都是奢望。走上工作岗位后，李辉慢慢发现，馒头不仅是人间至味，而且还拥有其他食物没有的优点。一是省时，馒头可以在赶时间的时候拿在手上吃，也可以躲在房间里边看书边吃；二是省钱，馒头便宜不说，吃不完还可以放着，等肚子饿了再吃；三是省心，随便走进一条小巷，就找得到卖馒头的摊位。

在南京的20多天里，李辉每天雷打不动地去调试车间学习，记下了满满三大本的日记。他勤奋的身影和腼腆的笑容，给南京自动化研究所的同志留下了深刻印象。而且，这个云南来的年轻人偶然间还发现了某最新产品的一处错误，最后惊动了南京自动化研究所负责研发的技术专家。这个专家来了后，先是满脸不相信，后来调试了几遍，然后满脸真诚地说：“确实是我们粗心了，谢谢云南来的同志，帮助我们改正错误。”

李辉后来回忆，他在技术上的突飞猛进，和这次到南京学习密不可分。但不为人所知的是，李辉还有一个更大的“秘密”，就是在这次南京学习期间，找到了“人生榜

水利电力部南京自动化研究所车间

样”，并开始校正自己今后的努力方向。而在来南京学习前，李辉对未来的人生方向有些迷茫。

所谓“山不在高，有仙则名”，南京自动化研究所之所以非常牛，很大的一个原因，就是里面有一群很牛的人。其中的代表人物叫沈国荣，他不仅是技术台柱，也是勇敢探路者。偶然了解到沈国荣事迹后，他就成为李辉心中默默学习的榜样！

1979 年，沈国荣在考取南京自动化研究所的研究生后，就如饥似渴地学习继电保护及相关知识。南京的老师傅们介绍说，沈国荣研究生还没有读完，就开始其研发之路。当时，中国电网使用的继电保护产品基本被国外厂商垄断，产品价格不仅贵，而且服务极不稳定。沈国荣发现，国内外对于继电保护的研究主要是从“行波保护”角度，他另辟蹊径，探索出“工频变化量方向”的研究方向。很快，沈国荣研发的“工频变化量继电器”就崭露头角，在天广、天贵 500 千伏超高压输电线路的国际招标中，击败了众多世界著名大厂，产品也走进了云南非常多的变电站。1982 年，沈国荣又盯上了“距离保护”，两年后课题研制完成，达到国际领先水平。这项“距离保护”技术在全国超高压输电线路上广泛使用后，有效地防止了大面积停电事故的发生。之后，沈国荣又在“工频变化量”这一方向探索，将继电保护专业形成了一个严谨而又完整的理论体系，取得了继电保护专业在理论上的重大突破。

南京自动化研究所老师傅们讲的沈国荣的故事，让李辉找到了未来的人生方向。李辉告诉自己，要像沈国荣一样，为国家继电保护做点实实在在的创新，人生才有价值。恰好有一次，沈国荣到调试车间解决一个技术问题，李辉远远地看着内心的偶像，却没有勇气走近，只是心怀敬仰，默默注视他的背影。

李辉从南京学习回到昆明后，会经常想起沈国荣的一句话：“不要迷信外国技术，而是要想办法超越它！”

不为自己的人生设限

追求有意义的人生，首先是一种思想的高度。

20 多年后，当李辉获得“中华技能大奖”后，有记者曾经请教李辉成功的奥诀，李辉深有感触地说：“我是一名一线技术工人，但从来不为自己的人生设限，这或许就是所谓成功秘诀吧。”

自我设限，是人生最大的囚笼。从 20 世纪 90 年代中后期开始，李辉亲眼看到很多年轻人都不想做工人，包括自己最要好的朋友“老虎”和“猴子”，一个去卖服装，一个去开出租车。而且，由于学历光环愈演愈烈，很多一线技术工人不敢去追求最新的技术，因为他们心里默认了一个高度，而这个高度就是自己的初始学历和文凭。

科学家曾经做过一个实验：在玻璃杯中放入一只跳蚤，跳蚤轻易就可以跳出杯子。接着把这只跳蚤放入加盖的玻璃杯中，跳蚤撞到杯盖，发现跳不出去。连续多次后，即使取下杯盖，跳蚤也跳不出来了。

从南京学习回来后，李辉感受到了一种前所未有的危机感和紧迫感。当时，继电保护技术正在加速迭代，特别是具有巨大计算、分析和逻辑判断能力的微机保护也开始面世。李辉预感到，对于继电保护来说，微机保护是具有跨时代意义的战略技术，自己必须迅速掌握这门新兴学科的相关知识。

于是，李辉给自己定下学习计划：力争用两年时间，熟悉微机保护原理并熟练掌握机器汇编语言。

那段时间，李辉如痴如醉地啃着计算机专业书籍。每次随师傅们到变电站处理完故障，他就找一个无人打扰的角落，静悄悄地看书。有一位老师傅就劝李辉：“一个工人，做好自己的活就行了，你现在天天学这些没有用的

‘屠龙术’，今后也派不上什么用场。”

李辉腼腆地笑了笑，不想作过多解释，继续埋头看书。他内心非常清楚，这些知识今后不仅会派上用场，而且一定会成为未来继电保护的核心技术。

但李辉的“好高骛远”却小范围地被传开了，很快就传到“护犊子”的郭师傅耳朵里。郭师傅平日对李辉关怀备至，容不得别人说自己徒弟半句闲话，于是专门去找那位老师傅吵了一架。

郭师傅吵完架，得胜归来，然后趁着没人的时候问李辉：“你看的这些东西，数据库啊，BASIC 语言什么的，今后真的对工作有用？”

李辉告诉郭师傅：“我在南京就见到了微机保护的原理机，真的会有用的。”

但不被人理解，包括师父对自己也是半信半疑，李辉内心还是有些闷闷不乐。

周末的一天，李辉蹬着自行车回了一趟家。吃晚饭的时候，父亲高兴地带回来一位在昆明工作的驻马店老乡，姓耿，身材十分高大，李辉叫他“耿伯伯”。父亲高兴地介绍说，耿伯伯不仅是昆明重型机械厂的总工艺师，也是享誉云南机械行业的车工“一把刀”，更是云南省著名的全国劳动模范。耿伯伯这次是利用周末休息时间，义务来父亲所在的机械厂带徒传技的。

因为都是驻马店老乡，平日里喜欢讲普通话的父亲，在这次晚宴上也讲起了方言，气氛十分融洽。席间，耿伯伯仔细询问了李辉的工作和学习情况。李辉说了自己苦学计算机知识不被人理解的苦恼。耿伯伯爽朗地笑起来，然后问李辉：“小伙子，你猜猜我是啥文凭？”

李辉不假思索地说：“您是总工艺师，肯定是大学毕业！”

“我是啥大学生，记得1947年离开家乡，刚参加解放军的时候，我大字不识一个，后来上了40天的扫盲班，才算是识字了！”耿伯伯爽朗地笑着说，“后来解放了，部队的团长送我在重庆读了两年技校，所以啊，我的这个学历就是技校。”

李辉心中有些奇怪，问：“您技校毕业，怎么可以当总工艺师？”

“全靠自学，一个人想学习，没有啥学不会的，”耿伯伯自豪地说，“整个昆明，就我这个总工艺师没有大学学历，独一无二。”

父亲在旁边介绍说，耿伯伯虽然没有读过大学，但依靠自学成了单位的技术权威，不仅发表过多篇有深度的论文，还为国家攻克技术难关400多项，其中30多项属于机械行业重大革新项目，3项达到国际先进水平。

那个时代，过于强调学历的社会风气，让临近退休的耿伯伯也有些看不惯。事实上，工人搞发明创造有一些得天独厚的条件。比起科学家来，其实一线技术工人对装备更加熟悉，对设备的特性更加了解，也最知道设备哪些地方不好，哪些地方需要改进。此外，工人有“天然的实验室”，就是生产车间，也有“天然的研究课题”，就是生产过程中碰到的难题。最后，耿伯伯勉励李辉说：“小伙子，谁说一线技术工人不能学‘屠龙术’？按我的看法，知识面前人人平等，技术工人也是可以做出大成绩的，所以这个‘屠龙术’不仅要学，还要学好、学精、学透。”

父亲也感触地说：“三百六十行，行行出状元，任何行业都可以出状元，但要让大家了解你，承认你，打铁还需自身硬，要把自己的技术做到状元的水平。”

敢于打破教科书条条框框

机遇总是垂青有准备的人，李辉很快就迎来崭露头角的机会。

为了以赛促学，昆明电力系统工会要组织一次青年职工技术大比武，而继电保护专业是大比武的重头戏。通知下来后，张班长和几个老师傅碰了碰，决定派李辉参赛，同时对李辉进行了强化训练。

比赛分为两块，一块是考理论，另一块是考实际操作。在选拔赛中，李辉获得东区分局第一名。在全市决赛中，李辉遇到了超高压分局的强劲对手，最终获得第二名，但其成绩大大超出东区分局和几位老师傅的预期。

虽然取得了第二名的好成绩，但李辉内心还是有些懊悔。回来后，他对郭师傅说：“如果还有下一次，我一定把第一名拿回来。”

在李辉获得技术大比武第二名后，他就接到澄江县110千伏变电站的检修和送电任务。

张班长找分局协调了两辆东风牌卡车，一辆车装着十几个工人，一辆车装着铁架床、被褥、蚊帐和锅碗瓢盆等生活用品，等人员会集后立刻出发。对于继电保护班来说，这种“说走就走”的生活，大家都非常熟悉了。

到了变电站，已是傍晚，工友们先把床搭起来，然后铺好被褥，挂好蚊帐。云南“十八怪”其中的一怪，叫“三只蚊子一盘菜”，所以挂好蚊帐也是非常重要的职业防护工作。然后，他们搬出煤气罐，架好灶台，生火做饭。李辉则趁着生火的间隙，用带来的钢管搭了一个简易的单杠，忙里偷闲地做了几个引体向上，毕竟身体是革命的本钱。

第二天，天气十分闷热，张班长带着大家干起来，不一会儿就汗流浃背，受不了热的年轻工人干脆光膀子干起来。变压器差动保护装置接线非常复杂，也容易出错。大家用了五六个小时，好不容易把线接完，但送电试验，电流相量图显示错误，却不知道具体是哪根线接错了，只能通知调度停电，把几个小时接起来的线路重新拆除再来一遍。

第二次通电试验，结果又错了。

这样前后失败了三次，一天的时间也浪费了。变电站的站长生气了，认为是张班长故意“卡”自己，给自己难堪。天气本来就热，结果被变电站的站长这么一怼，张班长也开始生气，立刻放下工具跟站长吵起来。因为每次接线失败，自己就要带着一帮兄弟重新接线、检测，个个累得汗流浃背。结果，反而被人怀疑是磨洋工，你说让人生不生气？

吵归吵，饭还是要吃。当天晚上，变电站的站长也留在站里，大家吃着白水煮的方便食品，一起商量解决办法。

电力系统的变压器正式投入运行前，首先要测量其电流相量图是否正确，但教科书的办法是将其先投入高压系统，带上负荷，再进行测量。

李辉就问：“这样操作太麻烦了，能不能改进一下？”张班长没好气地怼了一句：“教科书上都是用这种方法，国外也是用这种方法，你还能想出什么好方法？”

李辉陷入沉思，内心在想：如果把变压器和保护装置看作一个整体，先使用常用的380伏低压试验电源调试成功后，再投入高压电网运行，是不是就可以一次性试送成功，不用反复停电了呢？

第二天，李辉便以日常的380伏试验电压，去测量主变压器差动保护。为了这次试验，他利用晚上时间进行了大量理论计算和数据分析，成功实现了“用试验电压测绘主变电流相量图”，并取得一次送电成功。

看到这一幕，张班长对李辉的态度发生了巨大变化。那天，张师傅若有所思地说：“李辉啊，过去我生你气，不是气你喜欢挑我的错，是气自己真的老了，突然就听不懂你们说的那些新名词。长江后浪推前浪，今后这个继电保护班，就要交给你们这些爱读书、爱钻研的年轻人了。”

过了两个月，这种操作法在整个昆明供电局实行起来。凡是使用该方法的主变压器，都是一次送电成功。此后，这种操作法就慢慢推广到了全省，乃至全国。

随着这个发明创新的影响越来越大，东区分局领导就来班里调研。座谈会上，几位老师傅和部分青年工人纷纷发言，谈了李辉的情况。

李辉生活照

戚远快人快语地说：“我是华北电力大学毕业的，刚开始对李辉最不服气，现在心服口服，因为李辉身上的那种爱琢磨精神，非常值得我们学习。”

张班长则深有感触地说：“李辉连教科书都敢挑战，说实话，水平现在已经超过了我，当个班长已经不在话下了，建议分局领导让他挑一个更重的担子。”

听着一向高傲的张班长也开始表扬李辉，分局长就来了兴趣，扭头问李辉：“说说，你一个毛头小伙子，怎么会有这么大的胆子，连教科书定下来的操作法也敢挑战？”

“读中专的时候，我们班主任就说了，继电保护知识迭代更新很快，教科书只是代表十多年前的水平，”李辉说道，“我们应该尊重权威，但不能迷信权威，这才是对工作负责，对继电保护专业负责。”

1996 年 6 月，班里的宋技术员被调往其他单位。走之前，张班长和宋技术员专门给分局领导建议，由李辉接替班技术员岗位。刚开始，分局领导对这个建议还是有些犹豫，因为领导们知道，继电保护是一个需要长期积累的专业。在分局历史上，一名优秀的继电保护技术员往往需要十几年时间的培养，而李辉参加工作才不到 5 年，虽然得过技术比武第二名，也有了发明创新，但还属于“嘴上无毛”的小年轻。后来通过开会研究，分局领导班子最终下了决心，就由李辉来担任继电保护班技术负责人。

树的方向，风决定；人的方向，自己决定。李辉从参加工作那天起，就在争一口气。他想让外人看到：一线技术工人，也可以做很多漂亮的事情。

第二章 心在一艺勤求索

在哲学上，100%的努力代表“是”，99%的努力代表“否”。

成功，往往源自日复一日的积累与努力。李辉计算过，如果人的起点值是1，每努力一天给自己加0.01，每放纵一天给自己减0.01，那么时间一长，人和人的差距就出来了。仅仅是一个月的时间，1.01的30次方是1.35，而0.99的30次方则变成了0.74。所以，人与人产生差距的秘密，其实就在每天努力一点点的0.01上。

与子携手共度风雨人生

1997年，也就是香港回归祖国的这一年，李辉家里发生了三件大事：一是父亲光荣退休；二是姐姐李欣通过了昆明高新技术开发区的招干考试，成为一名宣传干部；三是母亲退休后承包了一个小卖部，比以前更加忙碌了。

俗话说，男大当婚，女大当嫁。李辉担任班技术负责人后，已经26岁的他，开始面临一个问题：姥姥、父亲和母亲开始催婚了。

姥姥经常说："辉儿，姥姥这把年纪了，就想看着你成家，抱抱重外孙啊！"

母亲也说："驻马店的亲戚们都在问，你家李辉咋还没有带媳妇回家，我都不知道咋说。"

父亲偶尔也旁敲侧击地提醒说："男人先成家后立业，心定下来才能干大事。"

被催急了，李辉开始考虑终身大事。

爱情是什么？婚姻是什么？该找一个什么样的伴侣度过漫长人生？坦率地说，李辉当时忙着工作，没有认真思考过这些问题。李辉知道，自己是有爱情观的，很"土气"，还停留在"执子之手，白头偕老"的传统思想上。

若说要寻怎样的姑娘，李辉常想起姥姥说的“娶妻娶贤不娶色”。但什么是“贤”，李辉自己也说不出清楚，或许就是像姥姥、母亲那样勤劳、朴实吧！

李辉一直没有女朋友，也引起了整个班组的注意，不仅郭师傅，就连已经调到分局工会工作的女大学生蔡如梦，也开始操心起李辉的婚姻。但师傅们、同事们辛辛苦苦安排的几次相亲，李辉不是打了退堂鼓，就是见了一次面后不了了之。

蔡如梦是大学毕业，性格开朗，在班组的时候和李辉就很“哥们儿”。有一天，两人就认真地对过一次话。

蔡如梦问：“李辉，你到底想不想谈女朋友？”

李辉回答说：“说实话吧，有时候也想，但忙起来就没时间想了。”

蔡如梦明白了，那是李辉还没有碰到心仪的女孩。于是，她又逼问：“你想找哪样的女孩子，要说实话，我们工会一定给你找得到。”

李辉想了想，吞吞吐吐说：“我想找那种能孝敬老人，能吃苦耐劳，能安安稳稳过日子，最好还是那种自自然然、不喜欢化妆的女孩。”

蔡如梦笑着说：“李辉啊，你真是个老土，土得掉渣儿，土得可爱，不过你等着，一个月后，就给你找到不化妆的女孩，我相信这个世界应该有。”

果然，只过了一个星期，蔡如梦就打电话给李辉说：“今天晚上，去南窑火车站附近吃饭，我给你找到了一个素面朝天的女朋友，但记得把工作服换了，穿精神点儿。”

这次晚餐，李辉心慌慌地换了一身西服，戚远还借给他一条领带。也就是这次晚餐，让李辉找到了自己的终身伴侣——刘吉。

第一眼见到刘吉的时候，李辉眼前一亮，觉得对方就是自己一直想要找的那种姑娘。

吃饭的时候，李辉和刘吉各自介绍了自己的工作和家庭情况。

刘吉也是工人家庭出身，但属于单亲家庭，从小在昆明钢铁公司长大，后来读了云南电力学校，当上了昆明供电局某单位的团支部书记。

李辉在介绍自己和家庭的情况时，刘吉突然羞涩地说：“李技术员，其实我去年就见过你。”

李辉奇怪地问：“我怎么就没有印象呢？”

刘吉就解释说：“春节前，局里搞联欢活动，你是那个‘摘大红花’的，我就是那次活动上见过你。”

李辉恍然大悟。原来，春节前夕，昆明供电局工会搞了一个迎新春职工联欢活动，压轴戏是“摘大红花”。

那次的活动现场，专门开来了一台施工用的大吊车，向天空伸出长长的手臂。吊钩上悬有一朵大红花。而大红花下，悬着一根十五六米长的粗麻绳，目测有五层楼高。这个活动的规则，就是徒手爬绳，去摘取半空中的吊钩上的大红花。

设计这个“摘大红花”节目，目的是考验电力工人的勇气和体力。

谁能夺得大红花？大家原本以为，架线班那帮兄弟每天爬高上低，肯定会轻松摘取这朵大红花。结果，一拨拨人上去，或力竭而退，或在攀顶时功亏一篑。眼见没有人尝试了，李辉心痒了，想起自己小时候爬过十几米高的树，就也想试一试。在众人的注视下，李辉没有采取那种手足并用、屈腿夹绳的攀爬方法，而是双手握绳，完全凭借强大的臂力，双手交替向上攀爬，最后轻松摘取了大红花。下来的时候，李辉用嘴咬着大红花，然后两手抓紧绳，双腿夹住绳，十分麻利地溜了下来。而刘吉就是通过这个活动，对这个勇敢的小伙子留下了深刻印象。

这次见面后，李辉和刘吉确定了恋爱关系，双方的家人对这门亲事也很认可。

1998 年，李辉和刘吉领结婚证后，东区分局给这个小家庭分了一套 20 平方米的房子。双方老人又都支持了些钱，两人就去商场买回来电视机、冰箱与洗衣机“三大件”。后来他们又把沙发买回来，房子就显得特别狭小拥挤。

看着温馨的小家，李辉有一种从来没有体验过的感动。但李辉却还想买一个大件，他就小心翼翼地找刘吉商量。

李辉：“好媳妇，我还想买一件东西，不知道可不可以？”

刘吉：“想买什么东西，你说嘛，不要搞得神神秘秘的。”

李辉：“我想买一台笔记本电脑，这样我就能随时在电脑上画电路图，但这个笔记本很贵，要 18000 元，所以来找你商量。”

1998 年，李辉的月工资只有 800 元左右。用近乎两年的工资买一台笔记本电脑，确实是一件十分疯狂的事情。刘吉知道，自己的丈夫平日里非常节俭，就连衣服都舍不得买一件好的，但这次想用两年的工资去买一台笔记本电脑，一定是太想有一台笔记本电脑了。

刘吉其实也是恋爱脑，看过欧亨利的《麦琪的礼物》，里面讲述了一个唯美的爱情故事：妻子德拉将自己珍视多年的长发剪掉，为丈夫准备了一个表链。丈夫将自己的怀表卖掉，为妻子购买了心仪很久的发梳。这对贫困的夫妇，各自把自己最珍视的东西卖掉为对方制造惊喜，虽然

1998 年，李辉在结婚那年，花 18000 元买了第一台笔记本电脑

闹了“笑话”，但这给他们贫瘠的生活增添了一份快乐和温暖。

看着丈夫满怀期待的眼神，刘吉想起《麦琪的礼物》，心软了，就说：“不是就 18000 元吗，我们买！”

很快，这个消息就传出去了，不仅东区分局和昆明供电局，就连云南省供电局都知道有个疯狂的小伙子，仅仅是为了方便看电路图，竟然用两年的工资，买了台硬盘 6.5G 的笔记本电脑。

昆明供电局有一个副总工程师姓郑，平日和李辉的关系不错。郑副总工程师毕业于上海交通大学，不仅专业技术高超，而且电脑技术也是局里的一流。当时正忙着把昆明供电局下辖变电站的图纸资料电子化。李辉就去找他，软磨硬泡了半天，终于把电子化的图纸资料拷贝进自己的笔记本电脑里。

当时，李辉经常要到各乡镇正在施工的变电站工作，每次出去，短则三五天，长则一个月。有了这台笔记本电脑，李辉再不觉得下乡工作是苦差事。每当结束一天的工作，他就躲在无人去的电缆沟槽边，一待就是四五个小时。因为那里空间狭小，格外清净，而空电缆盘可以当桌子，打开电脑就可以学习。

一个人最大的幸福，莫过于活在自己的世界里。在努力求索的岁月里，偏僻的乡镇变电站，是星光照耀的知识原野。沉浸在自己的研究里，李辉感觉在精神上进入了自由王国，但外人看起来，却是有几分“痴”。时间长了，班组的工友对此已经见怪不怪，只是在吃饭的时候，张班长会说：“你们去个人，到电缆沟里把李辉找回来吃饭。”

李辉（前）平日里，总是抓住点滴时间学习

但笔记本电脑买回家后，刘吉偶尔也有些后悔。新婚不久，李辉每天背着他的宝贵笔记本电脑去上班。回到家后，李辉还是抱着他的笔记本电脑，看着里面密密麻麻的线路图如痴如醉，眼睛都舍不得眨一下。

有一天，刘吉是真生气了，从李辉手里抢过笔记本电脑，“叭”的一声合上，然后大声质问：“李辉，你给我说实话，你娶的是我，还是一个笔记本电脑？”

李辉见妻子发怒了，连忙道歉，然后主动做起家务。等刘吉的气消了，李辉会主动约妻子一起散步，说一些温柔的话。这个时候，刘吉感受到被爱的感觉，觉得丈夫还是爱自己的。但万万没想到，半夜里刘吉醒来，却发现自己的丈夫正躲在客厅的沙发上，聚精会神地在笔记本上画着电路图。

刘吉叹了一口气，心也就软了，谁让自己摊上这么一个“技痴”夫君。

单车棚里诞生一系列发明

小区的保安、保洁和看管单车棚的程大姐，都非常熟悉李辉这个住户。在这些打工人眼里，李辉这个年轻人和其他住户不一样，他对人非常和善。

李辉从八九岁的时候来昆明，迅速融入了城市生活。但他内心深处，还是觉得自己一半是城里人，另一半还是农村人。所以，对来城里打工的人，他总是和颜悦色，有空的时候喜欢和他们聊聊天。

程大姐四十多岁，看管着小区的单车棚，也是来自驻马店地区，所以李辉对程大姐更有亲近感。有时候单位发了水果之类的，李辉会提一点给大姐。程大姐的儿子想换个单位打工，李辉特地去找同学帮忙。一来二往，程大姐都不好意思收李辉的单车看管费。李辉就说：“大姐，您要免费就见外了，大家都是驻马店的乡亲，亲帮亲、邻帮邻就很好，而且哪天说不定我还要找您帮忙。”

没想到，结婚不久，李辉为了建一个实验室，真来找程大姐帮忙了。

原来，李辉每次学到一门新技术后，都需要做大量的试验来验证新技术的原理。此外，面对生产中遇到的各种难题，李辉脑海里有了解决方案后，也想立刻用实验去做验证。通常情况下，李辉喜欢把自己关进单位的实验室，边学习边试验。但往往实验还没有做完，单位也要下班了。

实验做不完，怎么办呢？李辉思来想去，就想建一个属于自己的实验室。

但家里实在太挤了，而且妻子也不会同意在家建实验室。想来想去，李辉想到了小区里程大姐的单车棚。于是，李辉来找程大姐，说了自己的想法，然后强调说："我只需要在棚子里面支一张桌子，牵一根电线，放一张凳子，其他的都不给您添麻烦。"

在破旧的单车棚，李辉搭起了发明创新的第一个试验台

程大姐二话不说，就爽快地同意了。程大姐热情说：“咱兄弟，不就是支一张桌子，麻烦个啥。”

于是，李辉的第一个实验室，就在只有三面墙体和一个彩钢瓦顶棚的小区单车棚里诞生了！

有了实验室，很快就有了实验成果。

当时，班里的工友普遍反映，在全国用得好好的试电笔，在云南却不适用。原来，当时工友们使用的试电笔是感应型电笔，但有很多不足之处：其一，它是靠启辉管的燃亮来判断是否有电压存在，但云南地处高原，阳光特别强烈，肉眼观察启辉管很容易造成误判；其二，它只能用来判断线路是否带电，却不能用于判断电源属性是直流还是交流，功能比较单一；其三，在配电柜等狭窄的地方使用，往往需要工作人员把脑袋探进去才行，十分不方便，而且不安全。

于是，李辉想发明一种能够满足继电保护专业人员使用的“专用光电笔”。他先设计了草图，原理很简单，就是将一个蜂鸣器与两个发光二极管连接，这样可以让声音和光线同时显示检测状况。然后，李辉根据草图，买来一大堆元器件进行试验。很快，一种能够满足继电保护专业人员使用的“灵敏声光电笔”，就成为单车棚里诞生的第一项发明创新成果，并获得专利授权。后来，这种价格便宜、能在各种不同场合使用、同时用声光判断检测的试电笔开始在全局推广。专家评价，该款测电笔同时用声音和光亮提醒操作者，很好地解决了强光环境下肉眼不容易看清而发生误判的问题。

QC 小组，全称质量管理小组，是运用质量管理的理论和方法开展活动的群众组织。1998 年 7 月，李辉因为 QC 小组活动取得突出成效，荣获云南省电力工业局“青年岗位能手”称号。

李辉的第二项发明创新成果，很快也出来了。

“小电流接地选线装置”简称小电流选线，在电力系统中是一种广泛使用的单相接地故障排查装置，主要功能是及时指示并快速排除单相接地故障。但早期的选线装置常发生误选和漏选，效果不能令人满意。为此，东区分局组织专家攻关，李辉是主要负责人员。那段时间里，有了单车棚的“专属”实验室和笔记本电脑的加持，到了 1998 年 12 月，经过反复测量和计算，影响小电流接地选线装置选线正确性的关键问题研究取得重大突破，一款基于综合选线策略的小电流接地选线装置面世。

自从和李辉结婚后，刘吉有时候觉得自己很幸福，因为嫁给了一个本本分分、实实在在的男人。平日里，李辉从不乱花钱，也不喜欢在外面吃饭应酬，更没有打麻将这些嗜好。每个月发了工资，李辉都是主动把工资上交，要用钱了，再找她开口。此外，李辉很孝顺，不仅对他这边的姥姥、爸爸和妈妈好，对自己的母亲也非常尊重，有时候从外地出差回来，都会买一些当地的土特产孝敬老人。

在家人的支持下，李辉把试验台搬进了家里。图为李辉在家中做试验

但刘吉有时候也感到委屈，就是自己这个爱人，钻研问题的时候就把自己忘了。当初李辉提出到小区的单车棚搭一个实验台，刘吉也没有放在心上，觉得只要李辉喜欢，怎么折腾都行。万万没想到，本来聚在一起的时间就少，现在有了一个单车棚的试验台，李辉有时候凌晨两三点还不回家。有时候，刘吉会下楼去看李辉到底在忙什么。远远望去，李辉不是对着他的宝贝笔记本发呆，就是拿着一个电烙铁在焊啊焊！很多时候，刘吉在家看着电视，心里想着单车棚的丈夫，只能深深地叹口气。

一天深夜，刘吉在睡梦中被炸雷惊醒，只见大雨倾盆而下，打在窗户上发出啪啪的声响。刘吉突然想到，那个单车棚是漏雨的。于是，她右手打着雨伞，左手再拿着一把雨伞，急匆匆下楼去找李辉。刚到楼底的单元入口，就和李辉撞了一个满怀。只见李辉全身已经湿透，却从怀口里掏出他的笔记本电脑说："还好，笔记本电脑没有淋湿。"

两个人上了楼，李辉先去卫生间冲了个澡，然后换上刘吉准备的干衣服，一阵疲倦感袭上心头。

刘吉就说："李辉，你这样在单车棚搞试验也不是一个长久的事，我想了想，还是找木匠来把客厅隔一个小间出来，给你放实验桌，这样我每天看着你，心里也踏实。”

看着通情达理的媳妇，李辉不知道说什么才好。过了不久，李辉就把实验室搬到家里。到了 2005 年，女儿出生，加上工资又有了很大的增长，夫妻两人就买了一套大房子，其中专门布置一个房间，作为李辉在家里的“实验室”。

辞官归来重当技术工人

1999 年 5 月，李辉因为工作表现出色，在 28 岁那年被提拔为昆明供电局东区供电分局生技室主任。

生技室主要负责整个东区分局高低压电网稳定运行，平时工作是确保变电站和各类设备的日常运维与技术改进，是技术支持与管理职能相结合的核心部门。因此，生技室主任这个岗位属于“核心岗位”，地位非常高。很多人都在想，李辉当上生技室主任后，从此算是走上了“仕途”，前途一片光明，再进一步，甚至有可能成为分局领导。

但鞋子是否合脚，只有脚最清楚。对于李辉来说，当“官”的日子却并不好受，甚至是一种煎熬。

“我是很典型的处女座，扫描一张纸，扫歪了一点，我都要重新扫描。”李辉经常说自己有完美主义情结，一辈子最痛恨的就是“马马虎虎”。

但技术是解决点的问题，管理是解决面的问题。技术干部秉持精益求精的匠心，追求100%的解决方案，大都有完美主义的“偏执”，但这种执念放在团队管理上，往往会产生不少矛盾。李辉当生技室主任，管理的是多位负责安全、变电、线路、计划、物资的专业负责人，由于他缺乏管理经验，总以为“对事不对人”就是为大家好、为企业好，开展批评不注意方式方法，虽然工作干得最多，但大家对他意见却很大。

这样的生活过了大半年，李辉越来越怀念在现场负责专业技术的工作。直到有一天，一个声音对自己说：“李辉啊，还是不做这个‘官’了，回去干技术吧！”

但贸然辞职，李辉还是有顾虑，毕竟人往高处走，水往低处流。他还是想听听亲人和朋友的意见。

所谓知子莫如父，面对儿子的困惑，父亲的意见是：“辉儿，干得不开心，就回去干技术，至于一个月少了200多元的岗位工资，就不要计较了。”

李辉听了父亲的意见，然后就去问刘吉。妻子告诉他：“我就图你这辈子开开心心，既然不开心，这个主任就不要当了。”

李辉还去找了最关心自己的郭师傅，听听她的意见。郭师傅是“望徒成龙”的，但她看着有些憔悴的徒弟，也赞成李辉不再做这个主任。

于是，李辉下了决心，写了辞职报告去找局长。结果，局长不批，而且批评道：“李辉啊李辉，你这不是乱弹琴？我知道你和下面的几个专责闹了些矛盾，但工作怎

李辉（左）和好搭档寸班长在一起

么可能没有矛盾？而且你才开始搞管理，有些经验需要慢慢地积累，这个辞职的事到此为止，不要再提。”

在局长面前碰了一鼻子灰，李辉又坚持当了两个月的室主任，但辞职的念头却更加强烈。他这次没有找局长，直接去找了郭师傅，因为郭师傅和局长曾经在一个班组工作过，能说上话。

郭师傅问爱徒：“真下了决心？”

李辉点点头说：“您一定要帮帮我，我是一天都不想做这个主任了。”

郭师傅叹了口气，说：“别人托人是求进步，你是为了辞官，好吧，我去给你说。”

后来，郭师傅私下去找了局长，把李辉的真实情况和内心想法一五一十地说了。局长惆怅许久，最后说：“可惜了，这个李辉，我是想培养出来做大事的，但人各有志，我就批了。”

那段时间，正是昆明供电局机构改革最频繁的时期。由于供电用户的迅猛增长，李辉原来的继电保护班先是被划到新成立的“检修公司”，后来又从“检修公司”分出来到了新成立的“继电保护所”。于是，2001 年 5 月 1 日国际劳动节过后，李辉来到了“继电保护所继电保护三班”，重新当上了班里的技术负责人。

但这次人事调动，也让很多不熟悉内情的老朋友产生误解。有一天，退休多年的“余老总”突然找上门，把李辉拉到一处墙角问道：“李辉啊，你到底犯了什么错误，局里把你发配回来了，要不要我去找局里说说情？”为此，李辉解释了半天，也感谢了半天，“余老总”才半信半疑地回去。

但树欲静而风不止，就连刘吉平日玩得好的同学，也悄悄地问刘吉：“你家李辉是犯了事情，还是得罪了哪位领导，竟然说撤就撤了。”

好在刘吉是鼓励李辉辞职的，没做过多的解释，只是轻描淡写地说：“我家李辉不适合当领导，当技术员就很好，是我鼓励他辞职的。”

隔三岔五，就有人来打听李辉辞职的事情，差不多过了一个多月，辞职的风波才慢慢平息。

30 岁这年，李辉重新回到班组，感到一切都是那么熟悉，自己的技术细胞也开始复活。这时候，三班班长已经换了人，变成了高压分局调来的寸班长，李辉就开始和寸班长搭班子，成为珠联璧合的黄金搭档。

寸班长的“寸”姓，是云南非常古老的姓氏，源自爨姓。爨，本义是灶，在古文中，“爨”即“炊”，二字同义通假。爨字有30画，是我国笔画最多的姓。宋朝以后，爨氏一族中有人深觉自己的姓氏笔画实在太过烦琐，便以简代繁，取谐音改为寸氏，世代相传至今。

李辉很快就发现，寸班长只比自己大几岁，但因为常年在超高压局工作，继电保护维修技术非常厉害。坊间传闻，昆明有一个机械厂的行车坏了，检修人员无论怎么都修不好，也找不出毛病到底出在哪里。于是，只得请寸班长前来指点。寸班长在现场看了一会儿，对着行车的控制箱踢了一脚，然后说：“你们现在试一试，看好了没有？”果然，被踢了一脚后，行车就可以动了，大家十分惊奇，心想行车也怕猛人，就虚心请教故障原因。寸班长听了，只是用粉笔在控制箱的某个部位画了个圆圈，表示毛病出在这里。一检查，果然是一个苏联产的继电器出了故障。寸班长指导说，这种苏联继电器已经旧得不能用了，换一个新的就行。

寸班长对李辉的事迹也是“早有耳闻”，比如可以一日三餐啃馒头，可以对着一张电路图发呆几个小时。寸班长很快还发现，在变电站日常工作中，李辉每天都比别人早半个小时进入施工现场。到了晚上，他接着分析图纸、考虑施工进度和人员分工等问题，为次日的工作准备到凌晨。寸班长还发现，自己的这个搭档虽然技术水平已经很高，但对班里鸡毛蒜皮的琐事更上心。比如，每天上班时拖地，下班整理工作台面；每到周末，还把全班的仪器仪表擦拭一遍，然后督促大家把各自的工具整整齐齐地摆好放进工具箱。

看到这些，寸班长感到自己碰到了一个好搭档。

土法上马微机型控制装置

心心在一艺，其艺必工；心心在一职，其职必举。

李辉虽然只有中专文凭，但他从零学习编程、画电路图、应用专业软件，弄不懂的问题就向专家请教、做试验验证，30 岁出头已经成为一名继电保护专业的全能型专家。

有一次，寸班长带这个班组到一个老旧变电站去做调试，继电保护装置联动高压断路器反复开、合，大伙都担心这台老断路器能抗多久。休息的时候，大家靠在一堵墙上抽烟休息，寸班长就问李辉：“李师，能不能捣鼓一个装置，比如用双位置继电器加上几只接触器做台‘模拟断路器’，代替高压断路器少分、合几次，不然这种老古董断路器散架了就麻烦了！”

李辉一听，想了想，说：“寸班，这个还真不难，不过用一组继电器模拟断路器分合闸功能，都是老皇历了，我们要搞，就搞最时髦的单片机控制。”

开发模拟断路器系统，首先是元器件的选型，特别是核心微控制器（俗称单片机）的选型。要求功能要好，抗干扰能力要强，输出能力要大。他们反复比较，最终选用了美国微芯公司的 PIC16C57 单片机。这款芯片比较皮实，学习资料也非常丰富，当时在全世界的同类单片机中销量排名第八，口碑很好。核心元器件选好后，其他配套的元器件就简单了，很多都可以从单位上淘汰下来的装置上拆用。

然后是设计原理图和电路板。李辉利用业余时间，三个星期就完成了设计工作。

最麻烦的是“半手工”制作电路板。李辉用单位的激光打印机，把设计好的电路图打印在描图用的硫酸纸（半透明）上，接着把硫酸纸有碳粉的一面贴到敷铜板，用熨斗反复熨烫，让硫酸纸上的碳粉尽可能多且准确地转印到敷铜板上。然后把硫酸纸撕下来，用三氯化铁溶液把没有覆盖碳粉的铜箔腐蚀掉，电路就成功“画”在了覆铜板上。后面还要打孔，内行都知道由于“转印”的问题较多，手工制作电路板非常容易失败。

整机的焊装是比较容易的，把几百个元器件一件一件地焊装在电路板上。李辉边焊装边检查，回味着自己的设计，不知不觉就完成了。

当时由于单片机的硬件资源很少，都是用汇编语言编程，还好程序不复杂，而且都是在电脑里做过仿真调试的。最开心的就是裸机上电烧写程序，通过烧写器把自己用心编写的代码烧写进单片机，让整个系统按照自己的思想工作起来。2002 年 12 月，经过不断的调试，全新的微机型模拟断路器大功告成，这也是李辉辞官归来的首个发明创造。

土法上马研制成功微机型“模拟断路器”，让李辉声名大噪。李辉的下一个发明，盯上了“变压器微机型散热装置”。

变压器是电网中不可或缺的重要设施，它承担着将不同电压等级的电能进行转换的任务。无论是高压输电还是低压配电，都离不开变压器的支持。在电网中，变压器像一颗心脏，将电能“泵”送到各个角落，满足人们的用电需求。

当时，昆明局范围内有不少风冷变压器。所谓“风冷”，就是在变压器油箱外部安装散热器，通过风扇给散热器散热。李辉发现，这些变电站主变压器循环散热控制系统都是由电磁元件构成，故障率高，因此会导致变压器被迫停运。

受微机型模拟断路器研制成功的影响，李辉自主设计、

云南电网公司昆明供电局技术革新奖
荣誉证书
为表彰在小技术革新工作中做出的突出贡献，特颁发此证书，以资鼓励。
获奖项目：研制微机型风冷控控制器
获奖人员：李　辉
奖励等级：三等奖
奖励年度：2004年度
云南电网公司昆明供电局
二〇〇五年一月

2005 年 1 月“研制微机型风冷控制器”获云南电网公司昆明供电局技术革新奖

编程、调试，研制出国内最早的微机型风冷控制器验证机，不仅提高了散热系统的工作稳定性，还降低了生产运行成本。为了将产品从实验室推向应用，李辉又与厂家合作研制出微机型散热产品，很快在电力系统内推广使用，并主导制定了此项技术的国家标准。

时光转瞬就到了 2004 年。有一天，市局总工办的同志找到李辉，谈了无人值守变电站的发展前景，同时希望李辉能负责一项变电站直流系统在线检测装置的应用研究。

面对上级的重托，李辉毫不犹豫地接过了任务。

世纪之交，变电站作为电网的重要组成部分，其运维模式正在经历一场深刻变革。无人值守变电站作为这场变革的核心，正逐步成为电力行业发展的重要趋势。这一模式不仅能极大地提升电力系统的运行效率，更在保障安全、降低成本、促进智能化转型等方面展现出显著优势。

直流系统是变电站电力系统的重要组成部分，直接影响电力系统的稳定性和安全性。传统的定期检查和维护方式，效率低下且难以全面覆盖所有潜在问题。如果研发出一种在线检测系统，一方面可以减少人工巡检的频率和强度，降低人力和物力成本；另一方面，可以实时监控直流电压、电阻和蓄电池运行状态，并通过短信告警等方式，及时通知运维人员处理问题，减少因故障导致的系统停机时间。

说干就干，李辉先从“无人值守”和“直流系统在线检测”的原理出发，将问题分解成几个单元一一攻克，终于在2004年12月顺利将“变电站直流系统在线检测装置应用研究”课题完结。

1992年参加工作的李辉，见证了电网继电保护专业的蜕变之路：从电磁型保护到整流型保护，再到晶体管和集成电路。改变，一直存在；创新，从未停歇。对李辉来说，先进、时髦的技术是抵挡不住的动力。

2005年7月27日，对李辉是一个大喜的日子，这一天，宝贝女儿出生了。

刚结婚时，李辉和刘吉商量，暂时不要孩子。后来，双方老人不断催促，两人也意识到彼此的岁数也大了，就不能再拖了。

当新生命诞生，34岁的李辉第一次用颤抖的手抱起女儿时，原来生命可以这样小，小到能蜷缩在自己的臂弯里。那一刻，李辉深深地体会到了作为父亲的无比幸福与沉甸甸的责任。

第四章 攻坚克难显担当

愿挑最重的担子，能啃最硬的骨头，善接烫手的山芋，才能磨出铁肩膀、练出真功夫。

21 世纪的中国继电保护事业，正经历从全面引进、消化吸收、集成创新再到自主创新的嬗变，并开始领跑世界。在这个历史过程中，李辉持续跟进业内前沿技术与关键技术，在重大技改中迎难而上，在打破国外技术垄断上攻坚克难，在技术无人区艰苦跋涉，实现了人生的巨大升华。

挂帅攻坚重大技改项目

在云南电网人的心目中，草铺变电站就相当于水利人心中的“三峡工程”，具有举足轻重的地位。

30多年的职业生涯中，李辉累计牵头完成37座变电站的综合自动化改造，但挑战最大、印象最深的还是草铺变电站。那么，草铺变电站有哪些特点呢?

首先，草铺变电站海拔高度达1900米，是云南省第一个500千伏变电站，也是我国海拔最高的500千伏变电站之一，被誉为云岭大地500千伏超高压“长子”。在科学和工程领域，“第一个”往往意味着“从0到1”的突破。而实现“从0到1”的突破，又意味着现实生产力的巨大飞跃。

遥想当年，第一代草铺变电站建设者坚持“科学技术是第一生产力”，艰苦奋斗、求实创新，创下多个第一。例如，首次在高海拔地区采用4×LGJ-300导线，首次解决高海拔绝缘问题，首次在草铺变电站采用国产计算机……

其次，草铺变电站是云南“西电东送”的标志性工程之一。“西电东送”是西部大开发的标志性工程之一，是国家为促进区域协调发展、实现全国电力资源优化配置作出的重大战略决策。1993 年 6 月 30 日，500 千伏草铺变电站与云南漫湾水电站同时投入运行，漫湾电站的第一度电通过草铺变电站送往广东。因此，草铺变电站作为昆明局第一个 500 千伏变电站，不仅承担着云南昆钢、云南石化等重要客户的供电任务，而且对整个云南电网和“西电东送”起着至关重要的作用。

云南第一座 500 千伏变电站——500 千伏草铺变电站输电线路雄姿

最后，草铺变电站集成了多国技术的先进设备，其供应链遍布全球，其中 10 种关键设备从 9 个国家引进，被戏称为继电保护的“八国联军”。例如，高压电抗器是引进俄罗斯的，低压并联电抗器是意大利的，通信设备是意大利和英国的，保护设备是美国的……因为当时中国不掌握超高压输电技术，也因为无法独立自主生产设备，很多关键技术不在自己手中，所以处处受制于人。

时光到了 2009 年，云南电网准备启动“草铺变电站全站综合自动化改造工作”。这次改造，能把外国设备换成国产的，尽量全部换掉。当时，李辉正在继电保护三班担任班长。经过多方考虑，这个重大技改项目就由李辉和继电保护三班负责。同时，所里也抽调大量专业技术人员一起参与这个技术改造。

李辉的父亲、母亲、姐姐都是党员，2002 年，李辉如愿成为一名党员。为了草铺改造工程顺利进行，组织上专门找李辉谈话。

“草铺是我们局最大的、最重要的家当，重要性你也知道。”所领导郑重地对李辉说，“党员是优秀的代名词，急难险重都要承担，你是有 7 年党龄的党员了，组织上相信你能带领三班完成这个艰巨的任务。”

李辉坚定地说：“请组织放心，我和三班一定圆满完成组织交办的任务。”

草铺变电站继电保护装置的更换、安装、调试工作非常复杂，涉及近万条控制线路，技改工作更是“千头万绪”，需要极其严谨细致的工作作风。接到任务后，李辉决定先做一个完善的全站综合自动化改造方案，先解决容易解决的问题，再逐步推进复杂的问题，这样可以有效管理项目进度和人员分配。为此，他还专门去找了当年负责建设草铺变电站的覃老工程师，仔细听取他的意见。

覃老工程师在谈了自己的思路后，最后颇有感慨地说：“我对草铺变电站非常有感情，这个变电站也是我这辈子最值得骄傲的作品，当年我辛辛苦苦把世界上最先进的设备装上去，没想到只过了十多年，现在李辉同志就要把我最骄傲的作品全部拆了，时代是真的进步了！”

从 2009 年到 2011 年，草铺变电站全站综合自动化改造工作历时 14 个月。为了安全顺利地完成任务，李辉带领三班吃住都在变电站。每天早上 8 点，他准时进入施工现场，开始做准备工作；每天别人都收工入睡时，他仔细核对图纸，开始准备第二天的工作，并分析工作的难点、危险点和时间节点，最终顺利完成了技改任务。

2012 年，草铺变电站二期顺利投产，不仅满足了滇中 500 千伏电网发展的需要，还提高了云南全省的主网稳定水平。后来，随着时代发展，李辉的徒弟们接过接力棒，主持了草铺改扩建工程，使之成为当时亚洲第一，也是世界最大的 500 千伏变电站之一。

在草铺变电站技改项目中，很多单项技改项目获得国

李辉（中）带领技术人员实施技术改造

家、省、市的各类奖项。例如，“500kV1 号主变更换”获技术改进贡献三等奖，“变电站直流系统对地分布电容对 TBJ 线圈正极接地时的影响分析及解决方案”获云南电网技改贡献三等奖，“500kV 草铺变直流电源系统改造”获技术改进贡献三等奖，等等。

一块普通的生铁，只有经过千锤百炼，才能百炼成钢；一名普通的战士，只有经过战火的洗礼和血与火的淬炼，才能成为战斗英雄。李辉在经历草铺变电站技改项目的洗

李辉带领团队连续奋战 90 天，成功完成了大国重器乌东德水电站配套枢纽工程——500 千伏白邑变电站的验收工作。图为大国重器乌东德水电站

礼后，迅速成长，先后荣获了云南电网公司“优秀共产党员标兵”、南方电网公司“2009 年度先进生产者”、国资委“中央企业先进职工”等称号，并于 2010 年 12 月荣获中电联“全国电力行业技术能手”称号。

乌东德水电站位于昆明禄劝的金沙江干流上，是中国第四、世界第七大水电站，是党的十八大以来我国开工建设并投产的首个千万千瓦级世界级巨型水电站，是实施“西电东送”的国家重大工程。作为乌东德水电站送端 500 千伏交流配套工程的重要节点工程——500 千伏白邑变电站，对打通乌东德水电外送通道具有重要作用。为保障乌东德水电站早日投产发电，李辉带领团队连续奋战 90 天，成功完成了乌东德水电站送出交流配套工程的重要枢纽——500 千伏白邑变电站的验收投运工作。

矢志攻克国际技术难题

改革开放以来，昆明电网随着供电人口以及用电客户数量的增多，可靠供电的需求与日俱增。

在 20 世纪 80 年代初，昆明供电局率先向当时的国家电力部提出按“设备全年停电时间除以 8760 小时”来统计供电可靠性的概念，解决了中国电力系统因长期缺电形成

“重发轻供不管用”的问题。

截至2017年，昆明共有35千伏及以上变电站205座，与改革开放元年（1978年）比较，40年增长了13.7倍。李辉所在的变电修试所，就肩负着全市205座变电站全部二次电力设备日常维护、检修、技改、调试验收等运维工作。

2014年开始，昆明局辖区相继发生了多起电流互感器二次绕组接线错误导致的停电事故，引起了李辉的高度重视。

那么，事故的原因是什么呢？检修时，李辉和同事发现，原来是部分10千伏线路保护装置中电流互感器的测量级绕组被错误地接到了保护装置保护级电流变换器上，由于发生严重短路故障时，测量级绕组会发生饱和，导致保护装置拒动，影响了供电可靠性。

电流互感器是一种传感器，通常用于变电站保护系统中。它的主要功能是将高电压的主回路电流通过感应线圈，变成较小的二次电流，以供保护、测量和控制设备使用。但由于种种原因，在安装、维修和变压器扩容过程中，由于施工人员的疏忽，偶尔会出现电流互感器的计量绕组、测量绕组和保护绕组接线错误的情况，给供电可靠

昆明供电局管辖有 35 千伏及以上变电站 200 多座。图为工作人员正在进行设备吊装

性埋下了隐患。在特殊情况下，这会导致保护装置误动作和大面积停电，影响一个区域的正常供电。

那么，怎样才能把这些错误点精准找出来，消除安全隐患呢？

电流互感器作为二次设备，大多安装在变电站的屏柜里，而每座变电站都有几十个屏柜，里面密密麻麻布满了各种颜色和粗细的电线。为精准地找出故障所在，班员们先要停电，然后在保护屏前一站就是好几个小时，逐点排查故障，工作量不亚于重新接线。因此，每每接到检验电流互感器接线是否正确的任务，工友们都抱怨说，这项检修不仅需要停电影响生产，而且是一项非常“熬人”的工作。

因此，要增强供电可靠性，在不停电的情况下检测电流互感器二次绕组的正确性，就成为必须攻克的一项技术难题。

但这个难题，却是世界级的。通过上网查询和资料检索，李辉发现这个难题在国内外都没有解决的先例。但外国做不到，不见得中国做不到。考虑再三，李辉还是下决心啃下这块“硬骨头”。

任何发明创新都需要原理先行，即一切创新的起点，可以归结为对第一性原理的深入理解。

李辉当时想，校验电流互感器的过程，就像给设备做个体检，类似于医生用 CT 来检查患者的健康状况。通过反复权衡和比较，李辉决心设计一套装置，通过电磁干扰法给电流互感器做体检，从而得到关键指标。通俗地说，他想采取电磁干扰法原理，研发一种信号装置，在不影响一次、二次设备正常运行的情况下，检测电流互感器二次绕组的正确性，从而降低 10 千伏线路保护装置拒动的概率，提高供电可靠性。

这个项目吸引了很多年轻人参与，大家的热情都很高。历经 8 个多月的时间，从设计研发方案到测试，经过数十次的失败和试验后，李辉带领团队制作出来了原理机，然后经过不断优化，最后制作出三台验证机。

第一次现场测试就取得成功，大家高兴地发现，只要是电流互感器二次绕组有问题的，在这款神奇设备的检测下，全部“现出了原形”。面对结果，整个团队都欢欣鼓舞。于是，李辉高兴地将装置提交给了市局做验收。然而不久，局里分管技术的同志却找到李辉说：“你们的这套装置，我们测量了一下，效果确实很好，但也暴露出一个问题，就是电磁辐射值很高，长期使用会对人体造成伤害，所以建议重新换一个思路。”

当时，整个创新团队的成员都满怀期待地拿个创新奖，却不料鉴定成果如一盆冷水迎头泼下，大家的心情顿时跌入了谷底。看到研发出来的新设备没了用武之地，团队很多人不禁感到气馁，有的人甚至难过地离开了团队。然而，李辉却绝不肯轻言放弃，他鼓励大家说：“科研路上，成功是偶然，失败是常态，我们重新再来。”

中国南方电网
CHINA SOUTHERN POWER GRID

中国南方电网公司职工技术创新奖

获奖证书

获奖项目：不停电区分10kV电流互感器保护用及测量用绕组的新方法研究

获奖等级：三等奖

获 奖 者：李 辉

奖励年度：2015年

证书号：2015-3-06-G01

中国南方电网有限责任公司

2015 年 3 月 6 日“不停电区分 10kV 电流互感器保护用及测量用绕组的新方法研究”获中国南方电网公司职工技术创新奖三等奖

既然电磁法因辐射问题被否决，李辉苦思冥想，决心采用变频信号注入法，并开启了新的研发。通过近2年的努力，历经上百次的失败，最终成功研究形成《带电检测及区分10千伏电流互感器各二次绕组准确等级的方法》，突破了一项国际性技术难题。

这个技术有什么奇妙之处？

李辉形象地说："使用我们研发出来的这个新设备，就能听到电流互感器的'歌声'。"计量绕组是"男高音"，"歌声"高亢上扬；测量绕组是"男低音"，"歌声"低沉下落；保护绕组是"男中音"，"歌声"较为中庸。工作人员通过"听歌"，就能在不停电的情况下，区分同类型的10千伏电流互感器各绕组属于哪种准确等级的绕组，从而进行有针对性的停电检查接线、改正接线，防范继电保护装置拒动，还可直接发现电流互感器开路、短路等故障。这个新装置有效地解决了困扰继电保护专业人员、计量专业、运行部门的难题，同时避免了不必要的停电，提高了设备可用率和供电可靠性。

该成果作为原创性技术突破，受到了国内外同行的高度赞誉，并填补了此类技术的国际空白，相关论文获评云南省电机协会优秀论文一等奖，并发表在《中国电业》期刊上。论文发表后，高傲的外国专家也来谈技术转让，这让李辉很解气，他对团队成员说：“以前我们学习外国，现在外国该向中国学习电网技术了。”

填补行业多项技术空白

李辉经常说，发明创造不只是科学家和工程师的事情，一线工人在生产实践中只要愿意思考和实践，也可以做很多填补行业技术空白的创新。

在具体实践中，李辉的研究方向总是紧贴生产需要，优先解决最迫切、最现实的问题。

早在2003年，李辉就自学微控制器技术，制作了当时国内最早的微机型风冷控制器，极大提高了变压器散热系统工作的稳定性。后来，一线职工找到李辉说：“李师，我们现在的变压器油温采集装置是国外的，每次坏了要找外国厂家来修，你能不能想点办法？”

李辉头脑里立刻想起一个词，叫“荧光光纤测温系统”。这是一种前沿的温度测量技术，相比传统的温度测量技术，具有高精度、高灵敏度、抗电磁干扰的特性，特别适用于高压、强电磁干扰等苛刻环境下的温度监测。同时，随着人工智能、大数据等技术的广泛应用，荧光光纤测温系统若能与这些技术结合，发展前景十分广阔。

李辉想尝试一下，研发一种荧光光纤的智能测温系统，配合之前发明的微机型风冷控制器，以便更好地解决变压器的散热问题。

毫无疑问，用“荧光光纤测温系统”测量变压器油温非常有前景，但当时在中国还没有人做这件事。所以，李辉又成了第一个吃“螃蟹”的人。

李辉无论做什么发明，都喜欢从吃透原理开始。荧光光纤测温技术原理深奥，涉及光学物理、材料学、光电子学等多个学科，深入理解其基本原理和温度响应机理，是设计高性能荧光光纤测温系统的基础。于是，李辉从消化原理开始，带领技术团队投入技术攻关，“白加黑”，“5+2”，一个问题一个问题地解决，一个难题一个难题地攻克。

大概用了半年时间，“多路式荧光光纤智能温度测量控制系统”问世。该系统不仅彻底打破了国外对大型电力变压器测温技术的垄断，而且具有传感器尺寸小、可靠性高、价格适中、施工调试方便等优点，非常适合油浸式变压器内部绕组热点温度的精准测量，比传统技术更便利、精确，且体积小、安装方便。现在，荧光光纤测温系统已完成成果转化，将以一种全新产品的形式交付使用。

在李辉一系列填补行业多项技术空白的发明中，有一项组合式测试夹的发明，仅仅是他因为“嫌麻烦”而诞生的“麻烦解决方案”。

工欲善其事，必先利其器。农民割麦要有把好镰刀，

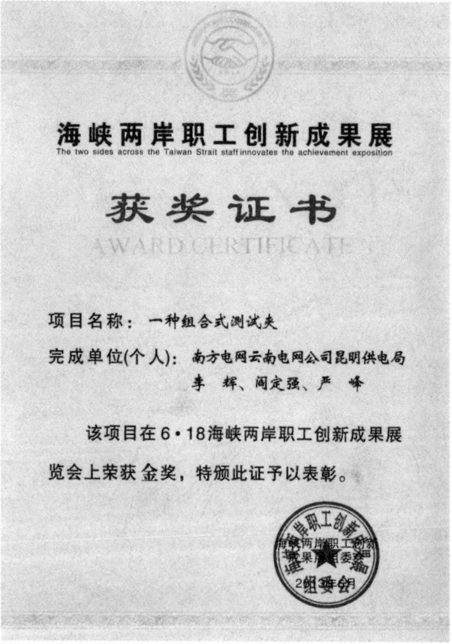
海峡两岸职工创新成果展
The two sides across the Taiwan Strait staff innovates the achievement exposition

获奖证书
AWARD CERTIFICATE

项目名称：一种组合式测试夹

完成单位(个人)：南方电网云南电网公司昆明供电局
李　辉、阎定强、严　峰

该项目在6·18海峡两岸职工创新成果展览会上荣获金奖，特颁此证予以表彰。

李辉从瑞士军刀上获得灵感，发明的“一种组合式测试夹”，获海峡两岸创新成果展金奖

战士打仗需要有把好枪，继电保护专业人员平日工作的时候，也渴望有一些趁手的工具。因为传统的试电笔不能满足强光环境下的测试，李辉就发明了“灵敏声光电笔”。后来，工友们反映测试工具“不好用”，李辉又发明了“组合式测试夹”。

继电保护工最常用的测试工具，一种叫测试夹，另一种叫测试探针，在全世界范围内使用已有百年历史，是继电保护日常进行电气测量、保护及自动装置检验的必备工具。但在日常使用中，这种传统的测试工具由于功能单一，工作人员在电气测试时，经常需要在测试探针与测试夹之间频繁切换使用。比如需要探针的时候，首先要放下夹子，抓起探针，反之亦是如此，非常费时费力。

技术存在的价值之一就是化繁为简，让生活和工作更简单。李辉从瑞士军刀上获得灵感，就想设计一个组合式工具，将测试夹和探针的功能合二为一。

一把典型的瑞士军刀，一般都有主刀、小刀、剪刀、开瓶器、木锯、小改锥、拔木塞钻、牙签、小镊子等多种工具。因此，瑞士军刀的设计，主要是通过将多种小工具组合在一个刀柄上，实现了多功能，这种设计方法被称为组合法。于是，李辉开始了“夹子”和“探针”的组合，并确定了美观、小巧和实用的创新原则。

李辉一边工作，一边利用晚上的休息时间，反复打磨这把继电保护专业领域的“瑞士军刀”。第一款产品出来后，李辉先让工友们试用，然后针对工友们提出的意见回去再改进。这样反复改进到第四款，李辉心中有数了，请来了局工会和局里分管技术的领导来现场测评。

大家现场看见，这个组合式测试夹呈三角形，跟家里晾衣服时用的夹子造型相似。但金属和塑料材质的精致结合，让组合式测试夹显得小巧却又厚实。夹子的一边设计有一个小开关，控制着一片可伸缩的金属舌头，伸出去可以当探针用，用完马上收回来，立刻与夹子融为一体，巧妙地将测试夹和探针的功能合二为一。对此，昆明供电局工会同志深有感触地说：“发明创造不是那么高不可攀，也不一定就等于高科技，只要我们善于做生活的有心人，在工作与现实中发现问题，并有解决问题的决心，每个人都有可能成为发明者和创造者。”

相较于同时期的微机型模拟断路器、微机型风冷控制器、变电站直流系统在线检测装置、变电站水灾预警装置等一系列发明创新，“组合式测试夹”是李辉众多发明里技术含量“最低”的，却最受基层员工的热捧，在实际工作中得到推广应用，外省也开始使用这种组合式工具。后来，这项成果还获得海峡两岸职工创新成果展金奖。

前瞻探索“微电网”技术

2013年，我国发电装机容量突破12亿千瓦，远远超过美国，成为世界上发电装机容量最大的国家。

但走得再高再远，也不能忘记来时的路。中国电力发展是从小水电起步的。李辉的书柜里，有两本介绍中国小水电的书籍，一本叫《中国小水电60年》，另一本叫《中国小水电可持续与实务研究》。通过这些书籍，李辉了解了祖国水电事业发展的非凡历程。

中国是世界上利用水力最早的国家之一。西汉初期，我国就开始利用水力磨面、舂米、提水灌溉。而中国兴建的第一座小水电，是位于云南昆明的石龙坝水电站。所以，石龙坝水电站不仅是我国水电行业的发轫之地，也是中国小水电的“鼻祖”，开启了中国人民利用水电资源的序幕。

1935年，毛主席率领中国工农红军离开江西中央苏区时，曾握着一位当地老表的手说，等革命成功了，给你们一家家送来“小太阳”。1942年，八路军129师在涉县漳河上修建了河北省最早的赤岸水电站，装机容量10千瓦，专供129师司令部照明和机要通信用电。1947年，党中央机关迁往西柏坡村，在朱德的关怀下，建成了装机194千瓦的沕沕水水电站，为新华社对外广播和党中央指挥三大战役提供了电源，为解放战争的胜利作出了重要贡献。

新中国成立后，党和国家对小水电给予了极大关注。云南广大农村的水电事业也开始了由小到大，从单站发电到联网运行，从建设地方小电网到与国家大电网联结，初步形成了大小电网并举、各有侧重、调剂余缺、共同发展的格局。在边疆地区、边远山区、民族地区和革命老区等大电网难以覆盖的地区，小水电发挥了不可替代的优势。

但随着时代的发展，小水电的弊端也开始暴露出来。最突出的一点，就是小水电的“无序并网”行为，对现有配电网的稳定运行造成极大的冲击。因此，在大力发展新能源的前提下，在小水电资源丰富地区，尤其需要对大量的小水电并网实现有序管理。

有一天，昆明电业局调度中心的陈怡找到李辉说：“李师，昆明供电局辖区的禄劝县的小水电过于分散，给电网平稳运行带来很大的挑战，我们能不能想点办法？”

陈怡毕业于华北电力大学，不仅属于电气专业“二龙四虎”的“华山派”，也是从继电保护所这个“电力黄埔军校”走出去的业务尖子，和李辉非常熟悉。陈怡平日里是个安安静静的女孩子，但每遇到技术难题，她的“华山派”技术基因就开始显现出来，非要和问题死磕到底。

李辉非常欣赏陈怡的这种作风，就爽快地说：“陈调度，干脆这样，我们成立一个项目组，你来牵头负责，我来组织实施。”

李辉是那种说干就干的人。很快，在上级的支持下，昆明市供电局正式立项了“禄劝县区域差动保护及备投在小电密集地区应用”科技攻关项目，准备用“解剖麻雀”的方法，对禄劝县水电特别密集的180平方公里区域的电网，实行区域保护及自愈合控制技术。如果180平方公里的试验取得成功，就可以放大成一个县域的1800平方公里，甚至是一个州市的18000平方公里。

禄劝县地处金沙江流域，峡谷纵横，有掌鸠河、普渡河、洗马河三大河流和过境客水金沙江，丰富的水力资源为水电发展提供了得天独厚的条件。改革开放以来，禄劝县已建设小蓬租电站、铁索桥电站、大白水电站、江边电站、白水河三级电站、云龙水库坝后电站等中小水电站26个。

李辉在现场调研时发现，禄劝地方小水电系统因设备简单，继电保护装置也较简单，一般均不设专门的继保机构，整个系统的继电保护从型式选择、整定计算以及各电站之间的相互配合等的设计、安装、调试工作无专人负责。特别是该县配电网的继电保护整定计算是在很多小水电投入使用前就已经算好，新的小水电投入后，原有的继电保护装置整定值没有进行相应调整，非常容易造成保护装置的误动、拒动或者越级跳闸等情况，造成不应有的停电。

同时，禄劝小水电一般与输电线路直接相连，在大部分情况下与配电网并联运行，少数情况下孤岛运行以满足当地的电力需求。当小水电并网运行时，可能导致区域微网内出现“电流潮流双向流动”，传统配电网保护可能会出现保护选择性紊乱和重合闸动作失败这两种结果。所以，传统的保护已不再适合多个电源点的故障判断和启动，这也是陈怡作为调度员十分头疼的地方。

万丈高楼平地起，因为无论多么精细的方案都离不开基础数据。继电保护要达到消灭事故、保证电力系统安全稳定运行的目的，整定计算是其中的一部分工作，而且是极重要的一部分工作。于是，李辉决定先从优化继电保护整定计算开始，通过重新进行负荷计算、整定值计算，同时在最大和最小运行方式下校验整定值的灵敏度与可靠性，确保继电保护装置在各种运行方式下都能正确动作。

李辉还发现，小水电无序并网的电压控制问题也成为实际运行控制和管理中的难点。由于小水电发电量受降雨量影响，不同季节发电量差异很大，而且如果出现负荷高峰时发电量较低和负荷低谷时发电量较高的情况，电压波

中国南方电网
CHINA SOUTHERN POWER GRID
云南电网公司科技进步奖
获奖证书
获奖项目：区域差动保护和备投在小电密集地区的应用研究
获奖等级：三等奖
获 奖 者：李辉
奖励年度：2018年度
证书号：2019-KJ59-G03
云南电网有限责任公司
2019年8月

2019 年 8 月，李辉主持的“区域差动保护和备投在小电密集地区的应用研究”获云南电网公司科技进步奖，为小水电消纳提供了前瞻思路

动幅度尤为明显。禄劝地区常见的电压问题有丰水期时变电所母线电压偏高，小水电接 10 千瓦线路导致电压偏高，枯水期时长线路电压偏低。此外，小水电启停和发生故障，也会对电网电压造成冲击。

如何把更多的小水电资源利用起来，既确保供电可靠性，又兼顾清洁能源的利用率？针对禄劝县多个电源点的小水电并网问题，李辉决心使用最新的智能微电网技术。

“微电网”是一个连接主网的一个小型的发配电系统，它把分布式电源（小水电）、储能装置（储能电站）、能量变换装置、相关负荷和监控、保护装置统统汇集在一起，形成一个能够自我控制、保护和管理的自治系统。但在当时，建设一个具备自主调节能力的小水电中压微电网，国内外还没有成熟经验和相关技术标准可资借鉴，尤其是调度控制系统设计挑战性最大，需要构建和不断优化匹配模型，通过分组优化计算确定最佳配置方案，从而实现小水电的灵活并网控制。

面对困难，李辉技术攻关团队在项目现场前后驻守了 10 多个月，夜以继日地开展微电网方案设计、策略与控制系统研发、参数调试等工作。根据以往 10 千伏共馈线负荷功率和小水电丰水期与枯水期的发电功率，对控制策略进行仔细的仿真验证、分析。同时，采用无源光纤专用网络同步采集交流电气量，误差不超过百万分之一秒，成功建设了国内第一个面域达 180 平方公里的小水电富集地区“区域保护及自愈系统”。后来，该成果获得云南电网公司科技成果进步奖。

“新能源虽然上网难，但新能源一点都不是多余的，也经不起浪费，”李辉后来在评审会上介绍说，“微电网是使配电网从被动向主动式网络转变的一种有效形式，如果进一步放大到光伏和风电领域，我们将会由此迎来智能电网技术进步的春天。”

好想陪家人吃顿年夜饭

在传统观念中，结婚后带媳妇吃年夜饭被认为是理所当然的，但这并不适用于所有家庭，比如李辉这个小家庭，结婚第一年到哪里吃年夜饭，就成为一道难题。

好在父母非常开明，很早就注意到这个难题。李辉结婚的第一年，李治斌、高荣琴老两口商量后就做了个决定：每年除夕夜的时候，李辉就不要带媳妇回来了，而是好好地陪岳母吃顿年夜饭。

李治斌、高荣琴做这个决定的背后，是因为还有个儿子在身边。而亲家母那边常年单身一人，抚养女儿长大成人已经非常不容易，因此在这万家团聚的时刻，更应该享受亲情的慰藉。

但参加工作30多年，无论是父母还是岳母，在吃年夜饭这个事情上，李辉属于“两边亏欠”。陪伴两边的老人吃一顿年夜饭，成了这世上最奢侈的事情。

李辉经常说，自己名字带个“辉”字，注定和万家灯火有缘。图为李辉（中）在作业现场向同事讲解图纸

当班组技术员的那几年，李辉经常需要参加春节期间的保电供电值班值守，守护群众安全可靠用电、温暖亮堂地过年。因为除夕夜是用电负荷最大的关键时期，每年都有些意想不到的跳闸状况出现。过年就是要亮亮堂堂的，李辉作为技术员，心中最大的想法就是不能让群众黑灯瞎火地过年。

当上班长的那几年，李辉坚持要和值班人员一起吃年夜饭。为此，李辉给自家媳妇说过心里话："我作为一个班长，还是党员，若是只顾自己吃着热乎乎的年夜饭，却不管不顾值守的工友，内心实在过意不去。"有时候李辉也对女儿解释说："爸爸的名字带个'辉'字，注定和万家灯火有缘，只要哪里停了电，爸爸只能做冲在最前方的那个兵！"

春节是阖家团圆的日子，也是用电的高峰期。随着昆明周边地区农村大功率家用电器普及，用电量也随之增加，漏电、过载等造成的保护器跳闸情况愈加普遍。特别是春节期间往往伴随寒潮，外出返乡的村民集中使用大功率的取暖设备，更是给保电供电带来极大的考验。因此，每临近春节，李辉脑子里的弦儿始终都绷得紧紧的，思考在"春节+寒潮+返乡"等多重因素叠加的形势下，怎样才能保障群众温暖过冬，热乎过年。为此，他配合调度部门结合历年电网运行情况和气象预测，对电网设备的运行状况进行深入分析，精准预测电网潜在的运行压力点，为后续的科学调控提供依据。同时，李辉和同事们会根据电网实际运行状态，动态优化电网运行方式，采取主配协同电网自愈等技术，实现电网负荷的迅速转移和运行方式的及时调整，高标准保障民生及医院、机场、车站等重要场所用电需求。

但随着姥姥的年纪越来越大，每到春节临近，她就非常渴望李辉带着媳妇和女儿一起回家吃顿年夜饭。李治斌、高荣琴不敢违拗高龄老人的想法，就私下找到儿媳妇商量，想把年夜饭调整一下。就是除夕那天，李辉要吃两顿年夜饭。方案是除夕日的下午5点，李辉带着媳妇、女儿准时陪姥姥和父母吃饭，晚7点准时结束；姥姥和父母这边的饭吃完后，立马开车赶往下一场，这样在晚8点准时地陪岳母吃饭。

父母调整年夜饭方案的时候，李辉不再当班长，已经是省电网公司有名的高级技术专家，按说可以安安心心地吃一顿团年饭。但是吃着吃着，只要接到一个紧急电话，李辉就只能放下筷子，急匆匆地赶往故障处理现场。等他把故障处理完，已经是新年了。除夕的夜空下，每一盏灯火都在诉说团圆的故事。望着除夕夜的万家灯火，李辉会对疲惫的同事们笑着说："我们能为几百万市民过个好年'守岁'，其实很值。"

第五章 薪火相传担使命

凡学百艺，莫不有师。从第一个徒弟开始，李辉就与徒弟们建立了亦师亦友的新型师徒关系。

2011 年，“李辉劳模创新工作室”正式成立，成为李辉发挥“传、帮、带”作用的重要平台。在他的言传身教下，工作室培养出 2 名云南省技术能手、10 名技术专家、11 名技能专家和 4 名省公司技术能手，排除重大隐患 15 项，解决生产难题 7 项，获得专利 50 项和软件著作权 6 项，创造直接经济效益超 4000 万元。

身正为范为徒弟作表率

对于当代的很多年轻人来说，“师带徒”似乎是上一代人的事。然而，在南方电网和云南电网，“师带徒”的传统从未中断，而且与时俱进成为青年人才培养的主要模式。

每年，南方电网昆明供电局都要举行“师带徒”拜师仪式。仪式上，新一届入企员工向师父敬茶、行礼，随后双方共同签订“师带徒”协议，师父为徒弟递上安全帽，并叮嘱他们要笃行不怠、勤学善思，更快、更好、更熟练地掌握本专业基本操作技能。

李辉的大徒弟叫严峰，这是他出师不久当上技术员后，正式签订师徒合同协议带的第一个弟子。

严峰 1977 年出生，毕业于云南电力技工学校，比李辉小 6 岁，也是铁路子弟，为人十分好学。技校毕业后，他先是分配到变电站从事运行工作，21 岁那年调进继电保护班。但严峰在继电保护班待了不到半个月，就闹出来一个“求学典故”。

有一天傍晚，严峰在单身宿舍对照说明书，开始自学继电保护的理论知识，不知不觉到了深夜。但书上有一个继电保护回路原理，他怎么也看不懂。严峰是搞不明白就不想睡觉的那种人，但他当时只熟悉寸班长，于是就跑到紧邻的职工家属区，找到寸班长的家门后，就“砰砰砰”地敲起门来。当时已经是凌晨一两点，躺在床上的寸班长被急促的敲门声惊醒后，心中就想：“糟糕，一定是哪里出安全事故了！”

打开门，只见严峰站在门口，拿着一本书说：“寸师，我有个回路看不懂，你赶快给我讲讲吧，要不然我觉都睡不着。”

寸班长看了看眼前的这个愣小子，摇了摇头，但还是把他迎进屋里，倒了杯水，两个人就坐在客厅的沙发上讨论起这个回路。寸班长讲了还不到5分钟，严峰就说：“懂了，懂了，我完全懂了。”

茶也没顾上喝，严峰就告辞了，走的时候说：“寸师，您继续睡，我回去还要再看一个回路，不懂再来请教您。”

寸班长等严峰走了，这才继续关灯睡觉。媳妇抱怨说：“哎呀呀，大半夜的敲门，把人都吓死了！”

寸师说：“没有出安全事故就好，睡吧！”

第二天，寸班长的媳妇就在家属区讲起这件事。后来，这事就传到了李辉耳朵里。李辉也是笑得直不起腰，后来心里就想："这个新分来的严峰，倒是个学技术的好苗子，学习劲头和我刚参加工作的时候还很像。"

严峰到班上后，最早是跟着一位女同志，学习怎么调校继电保护器，同时熟悉变电站的二次回路图纸。但还没有来得及签正式的师徒协议，这位女同志就去办退休手续了。严峰慌了，跑去问她："您退休了，我就没有师父了，今后谁来带我呢？"其实，这位心细的女同志早有安排，安慰严峰说："你放心好了，我已经和三班的李辉技术员说了，今后由他来带你。"

女师父退休后，严峰就正式成为李辉的徒弟。

严峰的母亲是铁路上的职工，从事了大半辈子的钳工工种，信奉"师父是什么样，徒弟就是什么样"。听说儿子拜了一个技术能手为师，内心十分高兴，就叮嘱儿子说："你刚拜师一定要勤快一点，每天早一点去扫地擦桌子，争取给这个李辉师父留个好印象。"

严峰原来是卡着时间点上班，听了母亲的嘱咐，就提前 20 分钟去做班上的卫生。到了班上，就发现李辉师父已经在整理班上的工具柜，而地上有刚刚拖过的痕迹，桌子也是刚刚抹过。

严峰内心就有些惭愧，原来师父这么早就来了。

第二天，严峰早早地起床，提前半个小时到了班上，发现自己还是来晚了。刚走进办公室，就看见李辉师父一边哼着歌，一边拖着地。看见严峰这么早就到了，李辉内心很高兴，就说：“小严，我们这个班组是个大集体，只有环境干干净净，工作才能快快乐乐。”严峰听了，赶忙从李辉手里抢过拖把说：“师父，这些小事今后就由我来做吧！”

第三天，严峰整整提前一个小时到了班上，刚刚把清洁做完，就看见李辉师父走了进来。看着整洁的工作台和干净的地面，李辉连接说了几声“好、好、好”，然后就去整理工具箱，又用抹布把万用表这些工具仔细地擦了一遍。

回到家，严峰把师父的故事讲给母亲听，母亲高兴地说：“看样子，你找对师父了！”

一个好的继电保护工，必须具备扎实的基本功，要了解、熟悉、理解继电保护电气图中涉及的基本概念和原理。而掌握继电控制电路图的前提，首先必须搞清这些继电器的基本性能、相互控制关系及在整个电路中的地位和作用，这样才能看懂电流在整个回路中的流动过程和工作原理。同时，还要熟悉电气联锁、自锁等相关概念，会分析关键点的电位，各点电位如何变化，如何互相关联，如何形成回路、通路等。

因此，严峰最初跟着李辉学习的时候，主要任务是“练基本功”，做得最多的工作就是校验各类继电器和熟悉图纸，包括熟悉掌握时间继电器、中间继电器、电流继电器、密度继电器、热过载继电器、空气式时间阻尼继电器等。但校验继电器非常烦琐，俗称“摆地摊”，因为校验

1999 年，李辉（右）和大徒弟严峰在昙华寺变电站外

的时候，要先把继电器、电流表、电压表、滑线电阻、刀闸开关摆在变电站的空地上，然后用导线连接起来，再去测试相关数据。

李辉经常告诫严峰，校验继电器最考验基本功。因为有的设备需要串联，有的设备需要并联，有的设备需要连锁，有的设备需要闭锁。所以，校验继电器的时候，连接的是花花绿绿的导线和设备，考验的却是一个人是否“胸中有墨”，能否做到“心中有图”。

李辉带徒弟，喜欢把徒弟“扔”进一线工作，注重在实践中提升处理故障的分析能力和动手能力。如果有技改项目，他就把严峰带到项目组全程参与。比如，在处理现场故障的时候，李辉要先听听严峰的分析，然后再讲解自己的判断。后来在研发“灵敏声光电笔”的时候，李辉特地让严峰给自己当助手，从设计原理、设计思路和元器件选型进行了细致讲解，不断启发严峰的创新思维。

记得“灵敏声光电笔”做出来后，严峰兴奋地说：“我们工人真的可以搞发明！”

在李辉的言传身教下，加上基本功扎实，严峰快速地成长起来，不仅很快能独立处理复杂故障，还代表东区供电分局参加了市局、省局的继电保护专业技能大赛，并先后获得市局第一名、省局第一名的优异成绩。当严峰拿下省局第一名的好成绩时，李辉比徒弟还高兴，说："当年我才拿了个省局第二名，严峰更厉害，这次是给我长面子了！"

俗话说，物以类聚，人以群分。越是灵魂相似的人，最终就越会走在一起，因为你是什么样的人，就会吸引什么样的人。在日常工作中，李辉最欣赏严峰三点：一是热爱学习，经常凌晨三四点还在看各类专业书籍，这一点师徒两人非常相似；二是做人踏实，不怕吃苦，没有吃亏意识，什么苦活、脏活都抢着干；三是毕业于技工院校，动手能力非常强，能够迅速将理论知识转化为实际行动，通过实际操作来解决问题。

跟着李辉学了 5 年，严峰也当上了班长，成长为南方电网二级拔尖技能专家。在保护班当班长期间，严峰也带起了徒弟，而且所带班组曾获得南方电网的"五星级班组"。同时，在李辉的鼓励下，严峰先后发明和参与研发了变电站水灾预警装置、便捷式安全型电缆刀、二维智能工器具管理系统等一系列新产品，成为昆明供电系统有名的"小发明家"。

后来，由于机构改革，严峰离开了心爱的继电保护专业，开始到另一个分局负责计量专业。但严峰仍然对发明创造痴情不改，独自研制和参与研制了智能辅助电源装置、便携式智能综合计量测试装置、多功能便携式电参量分析仪等新装置。

谈起严峰，李辉曾多次深情说道：“我和严峰名为师徒，实为兄弟，因为我们只差6岁，是那种亦师亦友亦知己的关系。”

学高为师展现专业之奇

李辉的二徒弟叫杨鹏杰，是李辉“抢”来的。

杨鹏杰是一个文静的大理小伙子，毕业于上海电力学院。2008年下半年，杨鹏杰考入昆明供电局，最初分配在草铺变电站实习，主要是学习变电站运行维护。2009年上半年，李辉在负责草铺变电站综合自动化改造工作时，两人开始认识。师徒原本平行的人生轨道，最终在草铺变电站交叉了，从此也改变了杨鹏杰的命运。

李辉能关注到杨鹏杰，主要是这个正在实习的年轻小伙，特别喜欢请教一些技术问题。杨鹏杰的这个特点，让李辉经常想起自己刚参加工作的青葱岁月。

一天傍晚，大家已经收工了，李辉整理完工具，开始填写工作日志。这时，杨鹏杰来找李辉，说话有些吞吞吐吐。李辉就非常和蔼地说："鹏杰小兄弟，是有问题要问吗，我现在不忙，你尽管问！"

杨鹏杰抬起眼睛，正好和李辉的视线相撞，在这一刹那还是忸怩起来，显得有些局促不安。

李辉知道，这个小伙子还不自信，就鼓励说："知之为知之，不知为不知，学习不要不好意思。"

杨鹏杰就大着胆子问："李师，设备大厂的说明书会不会错？"

李辉认真回答道："技术说明书在设计和编写过程中会尽量确保其准确性，但由于人为因素、技术更新以及复杂度等原因，即使是设备大厂，也仍然有出错的可能性。"

杨鹏杰鼓起勇气，从工装口袋里掏出一本说明书，说道："李师，这本说明书的回路连接好像是错的，我看了很多遍，但我拿不准，毕竟我刚参加工作。也许是这个设备太复杂了，我没有看懂。"

李辉接过说明书，把这个回路图仔细看了十几秒，然后非常高兴地说："你是对的，说明书确实有误，你还在实习期间就能够看出说明书错误，非常难得。"

这一天，两个人倚着变电站的墙柱谈了很多。青年技术人才最需要什么样的素质？李辉认为，学贵有疑，小疑则小进，大疑则大进，不疑则不进，最核心的一点就是要有质疑的精神。

质疑精神是科研探索和创新创造的持续动力，是发现和发明的先导。一个人创新能力和创新水平的高低，与其质疑精神的强弱成正比关系。杨鹏杰的出现，让李辉有了一种发现创新人才的惊喜。

转眼几个月就过去了，时光来到了 2009 年 5 月 1 日。这一天，草铺变电站的站长拿着一纸通知，高兴地找到杨鹏杰说：“小杨，恭喜恭喜，你实习一结束，就被分到继电保护所了，赶快去报到。”

大家都知道，继电保护所是昆明局培养人才的“黄埔军校”，前途远大。所以，站长是真心为杨鹏杰感到高兴。

就在杨鹏杰分到继电保护所的前几天，李辉和所里的一群小年轻打篮球，一个转身投篮的动作没有做好，落地时把脚崴了。这些年轻人看见李辉的脚肿了，就把他扶到卫生所去做了包扎。脚上打着绷带，还拄着拐杖，现场处理故障就去不了，李辉只能把自己关在办公室里捣鼓实验电路。

突然，严峰急匆匆跑进来说：“李师，我们所里又分进来好几个年轻人，我还看见杨鹏杰了，听说分进了另一个班。”

李辉一听，就让严峰扶着自己去找所领导。见了领导，李辉放下拐杖说：“这个新来的杨鹏杰，是个非常好的苗子，能不能分到我这个班，由我来带。”

所领导皱了皱眉说：“李师，这不好办吧，都已经分好并公布了。”

李辉不依不饶地说：“这些年我从来没有给所领导提过条件，这一次还是要请所里考虑一下。”

所领导拗不过，只好同意了，最后说：“老李，这次不是看你拄着拐杖来抢人，我还真不批。”

送李辉下楼的时候，看着他左手扶着徒弟右手拄着拐杖，所领导不由得自言自语道：“这个刚分来的杨鹏杰，到底有哪一点值得李辉来抢？”

杨鹏杰就跟了李辉，成为二徒弟。后来，严峰告诉杨鹏杰说：“小杨，你知不知道，你是师父从所领导那里硬抢来的。”

杨鹏杰跟着李辉不久，一系列复杂的现场故障处理，让杨鹏杰真正感受到了师父的厉害。

有个变电站的汇控装置是国外进口的设备，里面安装着 100 多个继电器。有一天，运维人员发现有个气压继电器的报警灯亮了，提示压力传感器检测到气压过低，并触发开关动作，属于紧急缺陷，需要立刻维修。维修人员到了现场后，通过检测，发现压力正常、回路正常、接线正常，初步判断是误报。但现场人员无论怎么努力，这个气压继电器都不能复位，一直报警。更关键的是，这个气压继电器是法国进口设备，大家平日接触少，不敢拆。没有

李辉（右）和徒弟杨鹏杰在一起

办法，只能打电话回所里，让李辉出马支援。

杨鹏杰跟着师父开车到了现场，发现有十几个维修工围在这里，还有一位分局领导在现场督阵。看见李辉来了，大家立刻围拢来，介绍着故障处理的情况。李辉推开递过来的图纸，打开汇控装置，盯着报警灯看了十几秒后，然后果断地说："故障在气压继电器的控制电路里面，估计是有块插件坏了。"

继电器被打开后，杨鹏杰发现电路板上密密麻麻排列着 20 多个插件。那么，到底是哪一个插件出了故障？就在大家皱着眉头讨论的时候，只见李辉直接动手抽出一个插件，然后高兴地说："就是这个插件在出幺蛾子。"

杨鹏杰和大家就很好奇，这么多插件，为什么偏偏就能判断是这一个出了幺蛾子？

李辉开玩笑说道："这些洋设备只是看起来厉害，但如果你比它厉害，只需要眼睛看看，鼻子闻闻，它就现出原形了。"

用万用表一测，果然是这个插件出了问题。但找到了出故障的插件，问题并没有解决。因为这个设备已经使用了十多年，在法国本土已经停产了，没有备件可换，只能动手维修。只见李辉将出故障的插件放在一个工作台上，然后用万用表仔细测量，很快发现有一个 VD4 型号的二极管被击穿。就在大家讨论到哪里买同型号二极管的时候，李辉打开随身携带的工具箱，很快找到一个国产二极管测量了一下，就果断地用电烙铁焊了上去。然后是通电测试，这个气压继电器的报警灯果然不亮了。

杨鹏杰以前也听过师父的很多逸事，但这一次亲眼所见，感觉还是大为不同，觉得师父的专业知识是那么的精深和广博，自此对师父更多了一份敬重。

昆明北边郊县有一座海拔 4227 米的轿子雪山，雪山脚下有一个不起眼的变电站。有一天晚上，一台主变压器发生了故障跳闸，但保护电路却没有故障信号发出，值班人员连夜开展故障处理工作，但总找不到问题的所在。深夜时分，李辉带着杨鹏杰赶往几十公里外的现场。通过现场检查，李辉判断是跳闸信号脉冲过短引起的，进而判断是一个气体继电器存在缺陷。当工作人员更换了气体继电器，主变压器立刻恢复了正常运行。

回到单位后，杨鹏杰在师父的指导下，使用相关设备模拟故障，发现这种跳闸信号的脉冲时间只有千分之四秒，不禁惊叹道：“师父对继电设备有一种天然感觉，判断太准了，简直是神！”

从此，杨鹏杰学习更加努力，他渴望自己能够早日独当一面，遇到技术难题能够顶上去，甚至希望自己像师父一样，越遇到难题越兴奋。

俗话说，名师出高徒，强将手下无弱兵。由于扎实的专业功底，再加上大学刚毕业就能跟着李辉系统地学习，杨鹏杰的进步可以用神速来形容。2012 年 5 月，参加工作刚满 3 年的杨鹏杰被提升为继电保护班副班长，成为当时全所最年轻的班组长，还获得了云南电网公司继电保护技能竞赛个人第 5 名。

吹响创新和人才“集结号”

劳模创新工作室是工会组织为深入实施创新驱动发展战略，充分发挥劳模示范作用的一项重大创举。

2004 年，全国首家以劳模名字命名的工作室——徐矿集团殷春银劳模创新工作室在徐州诞生，成为全国工会系统学习的典型。随着全国各地工会前来学习取经，各省也开始探索成立劳模工作室。

2011 年，云南省总工会谋划建立首批 16 个劳模创新工作室。看到申报劳模创新室的相关文件，昆明供电局工会办主任高兴得差点儿跳起来。原来，昆明供电局工会一直在思考劳模“传帮带”的问题，但一直没有找到有效的突破口。在长期实践中，昆明供电局工会发现很多“高精尖”的创新成果，并不都是出自研究院所，一线技术工人也是一支不可忽视的力量。但创新不能靠单打独斗，也需要平台和团队的支撑。若能充分发挥劳模创新工作室的职能，让技术工人组建一支团队，完全可以成为企业自主创新的“主力军”。

这就是瞌睡碰到枕头——求之不得，在征求了李辉个人意见后，昆明供电局工会开始积极向省电网工会和省总工会申报，最后终于成功组建了李辉劳模创新工作室。

有了以自己名字命名的工作室，李辉感受的不仅是荣誉，更多的是压力。过去有句话叫作“教会徒弟饿死师父”，但李辉更希望徒弟快速成长，并对徒弟有个最基本的要求：3 年之内要超过师父！

工作室草创之初，最开始只有李辉、严峰、杨鹏杰等 10 人，很多工作都是摸索着去做。等到第二年，昆明供电局工会由主席牵头，组织局生技部、人资部、财务部等部门负责人开了一个现场会，叫作“李辉劳模创新工作室现场推进会”，工作室很快就有了清晰的定位：企业发展的“助推器”、技术难题的“攻坚室”、创新成果的“转化站”

和人才培育的“金摇篮”。

这个会议结束时，局工会主席在走之前，握着李辉的手说：“李辉同志，说一千道一万，昆明供电局只有一个李辉不够用啊，你要想办法给我培养出100个‘李辉’出来。”

自此，李辉劳模创新工作室开始驶入快车道，不仅成员从10人发展到54人，而且培养出7名技术专家、12名技能专家和3名省级技术能手，还取得68项专利成果、10项软件著作权。其中，二徒弟杨鹏杰就依托工作室平台，迅速成长为南方电网一级拔尖技术专家。

在南方电网，有一套精密设计的职级体系，凸显了“以奋斗者为本”的企业文化精神。在这套职级体系里，每一级岗位对应相应的薪酬，而每晋升一级岗位，工资就有明显的增长。一般而言，一个本科毕业大学生在实习转正后，入岗是14岗；成长为副班长，对应18岗；当上班长，就可以对应19岗。如果再往上走，不仅岗位和职称可以提升，还可以获评相应等级的“专家岗”，成为受人尊重的技术专家。

在继电保护所内部，大家喜欢把杨鹏杰和所里一位德高望重的马老师傅相比较。过去，年轻人在背后都叫马老师傅为“马三高”，而把杨鹏杰叫作“23岗”。这位马老师傅当然不是高血脂、高血压、高血糖，而是年轻人仰望的职场“天花板”，是集“三高”于一身的高级技师、高级工程师和高级专家。而杨鹏杰之所以能和马老师傅相比较，是因为他不仅是云南电网最年轻的班组长、高级技师，也是云南电网最年轻的高级专家（23岗）。大家都相信，杨鹏杰已经是高级技师、高级专家，就差一个高级工程师，假以时日，早晚会成为“杨三高”。

2013年，刚满28岁的杨鹏杰因为卓异表现，被云南

李辉（右二）和工作室成员一起讨论技术问题

电网有限责任公司聘为继电保护专业三级助理技能专家。2018年，杨鹏杰因为3项成果获得国家专利，5次获南方电网公司、云南电网公司职工技术创新奖，最终获评一级拔尖技术专家。此后，杨鹏杰先后荣获云南电网公司第三届十大杰出青年、云南省继电保护技术能手、昆明供电局先进生产工作者等称号。

在昆明供电局职工眼里，草铺变电站是人才成长的实训场，覃老工程师、李辉都在这所变电站付出了无数心血和汗水。或许是注定赋予的使命，当500千伏草铺变电站第二期工程启动建设后，杨鹏杰接过了前辈的接力棒，作为项目负责人主持了这个云南电网最大的改扩建工程——500千伏草铺变电站二期工程验收。当时，草铺变电站扩建刚刚完工，大批量的设备要在38天时间内验收完毕。为确保验收工作顺利进行，杨鹏杰在李辉的指导下，精心编制了《500千伏草铺变电站改扩建工程验收方案》，确保把好验收质量关。验收过程中，他不仅发现整改问题256条，还对其中一些关键问题进行专题分析，保障了工程顺利安全投产。之后，杨鹏杰针对某原因造成的断路器误跳闸现象，编写了影响分析及解决方案，获得云南电网公司技术改进贡献奖三等奖。

杨鹏杰在成长过程中，其实也有机会“做官”，但被他主动辞掉了。当时，杨鹏杰曾经离开班组被调到管理岗，担任了系统运行部继电保护室主管。但干了一段时间，内心对专业技术的热爱与追求始终未曾熄灭，他还是渴望深入钻研技术。于是，在征求了李辉的意见后，杨鹏杰向组织申请，重新从管理岗位调回专业技术岗位，后

李辉（右）勉励青年职工努力学好技术

来成长为昆明供电局电力调度控制中心高级二次远程运维员。对此，李辉非常尊重徒弟们的选择，因为每个人都有自己的天赋和热爱所在，只有追寻内心的召唤，才能在工作和生活中找到真正的满足感和成就感。

当班组长期间，杨鹏杰也带了不少徒弟。其中，一级拔尖技能专家张春刚就是他的得意弟子。张春刚是昆明理工大学硕士毕业生，2016 年进入杨鹏杰班组，几年时间就迅速成长为班组技术负责人和高级技师。这就在昆明供电局内部形成一种罕见的人才现象：李辉是南方电网特级技师，第一代徒弟杨鹏杰是一级拔尖技术专家，第二代徒弟张春刚也迅速成长为一级拔尖技术专家和班组技术负责人。

桃李不言，下自成蹊。那么，李辉到底有多少徒弟，徒弟出师后又带了多少徒弟，就连他自己也说不清。在远离昆明的临沧市，李辉通过专家现场交流、远程指导、专题辅导等多种形式，同不少青年职工结下了不解之缘。在遥远的怒江州贡山县独龙江乡，李辉采取现场教学、线上授课、电话指导和创新劳模工作室联盟等多种方式带徒传技，无私为当地培养技术骨干，为独龙族群众真正实现“用上电”“用好电”作出了自己的贡献。

深圳夜谈李辉再收爱徒

没有深圳夜谈，宋庆林不会成为李辉的爱徒和工作室核心人员。

宋庆林高高瘦瘦，头发微卷，是一个兴趣广泛、思维活跃、喜欢探索前沿技术的贵州小伙子。1982年，宋庆林出生在云贵两省交界重镇——红果，先后就读于西安电子科技大学和昆明理工大学，获得硕士学位。2010年，宋庆林考入昆明供电局，分配在昆明东郊变电站，成为一名变电站运维工。

宋庆林能从变电站运维工进入继电修试所，缘起是一个合理化建议。

2013年，宋庆林针对东郊变电站脉冲电容器的使用情况，向上级单位东区变运分局提交了合理化建议。分局局长看完后，认为这个合理化建议非常贴切实际，颇有见地，心中顿起惜才之心。

恰好继电保护所的所长来分局谈工作，分局长就对所长说：“我这里有个叫宋庆林的小伙子，研究生毕业，人也很聪明，在我这里怕是要埋没了，要不你把他带走？”

看了宋庆林的合理化建议，所长立刻说：“只要他本人愿意，我要了。”

分局长立刻通知宋庆林来局里谈话。能够到继电修试所工作，宋庆林当然是梦寐以求。而且面谈下来，所长对宋庆林印象颇佳。就这样，宋庆林调入继电保护所工作。但由于不在一个班组，宋庆林和李辉虽然彼此认识，但整整 5 年时间，双方的工作生活并无交集。

李辉（左）向年轻同事传授工作经验

一次，所里安排李辉和另一位技术员去深圳参加南方电网的一个会议。临行前，那位技术员恰好要去现场处理紧急工作，临时委托宋庆林代为参加。两个人一起坐车到了机场，但因为不熟，彼此并没有交流。

上了飞机，宋庆林调整好姿态，戴上耳机，立刻沉浸在音乐里。李辉在飞机上却是另一种状态，只见他时而半闭着眼睛，时而从口袋里掏出一个小本子，快速写下几个字符，然后继续进入冥想状态，满脑子都在想一个词，叫“智能矢量测量分析仪”。

原来，随着太阳能发电和风电的迅猛发展，云南迅速成为全国重要的绿色能源大省。但绿色能源的发展，也面临着“成长的烦恼”。

云南拥有全国优质的太阳光能资源，比如昆明全年平均日照在 2400 小时以上，太阳能辐射能达到年均 5461 兆焦 / 平方米，也就是说，每年昆明 1 平方米土地获取的太阳能相当于 1500 度电所产生的能量。正是这种阳光优势，让昆明成为全国太阳能热利用普及率最高的省会城市。此外，云南省北依青藏高原，南靠中南半岛，大部分地区海拔 1500—2000 米，来风方向无地势阻挡，且易受高空风作用影响，所以风能资源也十分丰富。

太阳能、风能发出来的绿电虽好，但绿电的随机性、波动性、间歇性，也给主变压器和电网平稳运行带来较大的冲击，曾经一度导致弃电成为普遍现象。早期，李辉曾经做过小水电消纳的相关研究，取得了较大成果。但太阳能、风能和小水电相比，分布范围更广，解决起来更困难。

在李辉眼里，节约能源绝不是一句口号，因为在节能减排的当今社会，没有一寸阳光、一缕清风是多余的。所以，看着那么多的绿电不能上网，李辉有段时间内心非常着急。但要想解决弃电问题，从自身专业和电网安全角度来看，首先就要解决一个基础性的问题，就是要精准测量各地接入电网的绿电电量，然后再通过智能装置的超大规模计算，提高电网对清洁能源的接纳、配置和调控能力。经过思索，李辉决心从测量端入手，运用AI技术研发智能的“矢量测量分析仪”，这样就能够以快制快，及时发现电源点的波动，及时处理和排除故障，从而保证主变压器平稳运行。

到了深圳，李辉对宋庆林说：“小宋，我们还是节约一下，住一个房间吧。”

进了房间，放下行李，两个人决定先去吃饭。好不容易找到一条小巷，李辉看见有家兰州面馆，就走了进去，点了两大碗刀削面。宋庆林一边吃面，一边嘀咕：“都说这个怪老头喜欢吃面条，原来传说中的都是真的。”

吃完面，回到宾馆的房间，李辉就打开电脑，专心画起“智能矢量测量分析仪”检测装置的电路图来。

宋庆林一时有些无聊，就去洗了个澡，然后去看深圳

李辉（后）悉心指导徒弟宋庆林

的夜景。

深圳河的夜景，如一条流淌着霓虹与梦想的星河，在光影交织中折射出这座城市“敢为人先”的灵魂。河岸两侧的LED屏幕，将虚拟与现实无缝衔接，构建出科幻的城市景观。霓虹勾勒出的天际线，暗藏着深圳40余年“破界”的密码，也诉说着“每个平凡人都能在此点亮不凡”的城市寓言。宋庆林想着自己平凡得不能再平凡的职场生涯，不由得心生羡慕：深圳这种科技赋能下的诗意栖居，正是“硬核创新”与“柔软情怀”的完美平衡。

回到宾馆，宋庆林发现李辉还在聚精会神地盯着笔记本屏幕，不禁好奇地坐在旁边去看。看了一会儿，宋庆林就问：“李师，您这是在设计有源低通滤波电路线路图？”

李辉顿时有些惊奇，问道：“小宋，你懂这个电路？”

宋庆林回答说：“读研究生的时候，我和导师做过一个抗干扰的课题，曾经开发过这种电路。”

李辉介绍说：“现在新能源上网很多，我在想法测量这些新能源的电流波动情况，但在强干扰的情况下，把这些东西测准非常难。”

宋庆林想了想，说：“李师，测量这种细小的电流变化，好比在地面上要看清楚万米高空上的飞机图徽，难度确实很大，但也能做到，关键是设计好信号处理电路，同时不断优化算法。”

李辉说道：“小宋，干脆这样，我们现在就讨论一下设计思路。”

人之相知，贵在知心。知心，是相知的升华，是一种心灵深处的契合和共鸣。在这个深圳的夜晚，来自云南电网的一老一少，因为有了共同话题，两个人的话匣子都打开了。从 CPU 的处理器速度、内存容量、带宽、滤波和优化算力，两个人越聊越起劲。先是坐着聊，然后躺在各自的被窝里聊。聊到兴奋处，两人就从被子里一坐而起。到了凌晨三点，李辉的体力到了极限，眼皮撑不住了，就主动说：“小宋，先睡觉，等白天开完会，我们在回去的飞机上再讨论。”

时隔多年，宋庆林都会用诗意的语言描述这场夜谈：“那是 2018 年，是一个春天，是一个夜晚，我和李师好像是多年未见的朋友，你一个话题，我一个话题，思想开始热烈碰撞，聊着聊着就突然发现，原来我们两人的精神处在同一个轨道上。”

因陋就简取得重大发明

最好的创新团队，一定是取长补短的。

一只木桶盛水的多少，并不取决于桶壁上最长的那块木块，而是取决于桶壁上最短的那块。

从深圳回来后，李辉去找所领导，要求把宋庆林调入工作室并纳入“矢量测量分析仪”研发团队。自此，宋庆林成为李辉的左膀右臂和得意弟子，也补上了团队在信号处理和算法上的专业知识短板。而对于宋庆林来说，加入李辉创新团队，有师父掌舵和设计总体方案，自己就能专注于技术长板，并将其发挥到极致。

但宋庆林刚加入的时候，除了一张大桌子和测量用的万用表，李辉劳模创新工作室几乎什么都没有，简直可以用“一穷二白”来形容。但宋庆林也没有什么可以抱怨的，因为他发现，李辉从来不因为条件简陋而限制自己。有段时间，李辉忙着设计一款集成电路，每当遇到缺少元器件，他都是自己开车，来回地跑园西路电子器材市场，然后讨价还价一番，把元器件“淘”回来。只有实在买不到的时候，李辉才打开手机在网上去找，下单的时候，就会心疼地说：“太贵了，实在太贵了！”

信号采集是信号处理的基础。在测量那种微弱电流变化的时候，宋庆林只能依靠万用表，但万用表毕竟功能单一，捕捉不到瞬间的异常信号。所以，宋庆林内心就非常渴望能有一台示波器，但示波器价格十分昂贵，动辄十几万元，靠个人去买也不现实。就在信号采集环节陷入僵局的时候，有个所领导听说了这件事，就钻进库房，找了半天，终于找出一台旧示波器。原来，这是 20 世纪 90 年代建设草铺变电站的时候买下的一台设备。但过了快 20 年，也不知道是不是还能用。

所领导通知李辉，让把这台旧示波器领回去。签了字，李辉乐呵呵地把这个“宝贝”抱回了工作室，大家看着示波器斑驳的面板和残存的蛛丝，心中都在嘀咕：“太老了，怕是用不成了！”

通上电，果然是台坏设备。但李辉却笑呵呵地说：“不要看着旧，修一修，应该还是可以用的。”

李辉小心地把示波器拆开，仔细测了一通，发现坏了两处。一处是电路板烧坏了，一处是电池坏了。这种老式设备的电路板不复杂，李辉很快就找到一块替代板，换几个元器件就可以使用了。但那种专用电池有些麻烦，找不到替代的，李辉想了想，就下楼钻进自己的汽车，取来一

李辉工作室团队

个“充电宝”。李辉噔噔噔地跑上来，把“充电宝”递给宋庆林说：“把这个换上，输出电压相同，应该可以用。”

宋庆林对比了旧电池和“充电宝”，也觉得可以替换，就拿出铁线钳，咔嚓几下就把“充电宝”拆了，然后装上去，示波器果然开始工作了。

看着信号稳定地显示在示波器屏幕上，宋庆林将头发往后一拂，开心吼道：“兄弟们，工作室的新纪元来临了！”

有了示波器，“矢量测量分析仪”涉及的很多方案就可以迅速地推进，迅速地实验，迅速地改进。但研发工作很快又面临一个“拦路虎”，就是缺少一种叫“角速度传感器”的元器件，也叫陀螺仪，必须向美国电子元器件在中国的代理商购买。

但代理商很快就反馈回来信息，说这种精密陀螺仪可用在航空航天和军事工业上，美方怀疑这次购买的陀螺仪是否真的用在电力设备上，需要补交技术说明文件。

于是，宋庆林补交技术文件，说明购买的陀螺仪是用于测量电气断路器的分闸和合闸。美方为此专门咨询了美国国内电力技术专家，最后确认了用途，才发过来两个陀螺仪。

看着来之不易的陀螺仪，李辉内心既是欢喜，又充满了被“卡脖子”的忧虑。好在随着时代发展，国内高性能陀螺仪的研发和产业化取得显著进展，精度和可靠性不断提高，开始打破霍尼韦尔、博世、ST 等海外巨头垄断，成功实现了国产替代。

宋庆林加入团队两年后，第一代“智能矢量测量分析仪”横空出世。从电路设计到焊接，从算法开发到排除测试故障，从硬件到软件，这个全部由一线产业工人发明的新装置，实现了绿电上网的测量自动化，既节省了人力，又让测量和控制更加精准，突破了钳形表“1 毫安”精准测量相位的技术难题。经第三方鉴定，该装置目前处于国内领先技术水平，并获得“2018 中央企业熠星创新创意大赛优秀奖”。

2024 年 7 月 25 日，为深入贯彻落实习近平总书记关于构建新型电力系统的重要指示精神，国家发展改革委、国家能源局、国家数据局联合制定发布《加快构建新型电力系统行动方案（2024—2027 年）》。该方案提出，要聚焦新型电力系统建设亟待突破的关键领域，以“小切口”解决“大问题”，提升电网对清洁能源的接纳、配置、调控能力，推进新型电力系统建设取得实效。

李辉勉励青年职工“干一行、专一行、爱一行”

云南具有发展绿色能源得天独厚的条件，在全国较早建立起“风光水火储”多能互补基地。2019年，全省能源产业增加值首次超过烟草，跃升为全省第一支柱产业。针对云南实际，云南电网公司深入贯彻落实党中央关于加快建设新型电力系统的重大决策部署，立足云南绿色资源禀赋突出、区位优势独特等特点，以云南省全域作为“试验田”，全力打造云南国家级新型电力系统示范区，为实现“双碳”目标积极贡献南网力量。由于国内外测试仪表生产厂家，一直没有研发出“智能矢量测量分析仪”同类型装置，云南电网公司开始推动该项目进行产业化应用。很快，该装置在南方电网迅速推广开来，预测可创造直接经济效益超千万元。

由于团队完全掌握核心技术，在没有“外部技术力量”的参与下，团队自主完成了“智能矢量测量分析仪”从1.0版到6.0版的不断迭代升级。通过开放的思路和架构不同的App，还可应用到不同的工作场景。比如，每一次供电投产前，变电站投运前的检测工作都要争分夺秒，但当时的仪器每次只能检测一组电气量。“智能矢量测量分析仪”运用到变电站投运前的检测后，检测时间可从6个小时缩短到1个小时。

云南电网工会负责职工创新的负责人评价，李辉团队的这个发明创新，不在于获得多少奖项，也不在于卖了多少套产品，其最大意义在于对加快构建新型电力系统有极大的促进作用。

正是由于李辉团队拥有长期在基层第一线工作的知识积累与经验沉淀，有超出一般科研院所专家的前瞻判断力，具有宽广的知识面和跨学科理解能力，才会开发出适应未来新能源大规模上网的新装置。

第六章 大国工匠真本色

大国工匠是高技能人才的杰出代表，在推动新质生产力发展中具有关键作用。

在 2024 年的一次讲座中，李辉谈到要用新时代工匠精神助力新质生产力发展。他认为，新质生产力的特点是“颠覆性技术创新”，关键在“质”，落脚点在“生产力”。今后将努力为大国电网嵌入“中国芯”，努力实现关键核心技术自主可控，把创新主动权、发展主动权牢牢地掌握在自己手中。

荣膺“工人院士”称号

2023年，李辉荣获第十六届“中华技能大奖”。

“中华技能大奖”是中国政府授予高技能人才的最高政府奖项，获奖者被誉为“工人院士”。该奖每两年评选一次，旨在加速培养具有优秀品质和高超技艺的技能人才，表彰他们为国家、为企业作出的突出贡献。自1995年设立评选表彰制度至今，我国共表彰“中华技能大奖”获得者200余名，获奖者数量比院士还稀少。

李辉获奖的消息传来，云南电网公司一片沸腾。公司工会负责人吐出一句话：“李师最终获得这个大奖，实在是众望所归。”

30多年来，李辉带领团队累计完成了昆明供电局辖区内37座变电站综合自动化改造，牵头开展各类大修技改1000余次，排除15项重大隐患，用实际行动服务电力系统绿色化、数字化、智能化发展。在南方电网首次实现双源确认高精度判断刀闸位置，使刀闸远程操作效率提高90%以上；在云南省首创“视频+机器人+在线监测”联合巡检，实现巡视死角“全覆盖”。

面对跨片区不停电调电动辄需要几十个专业人员配合

才能完成、各类风险激增、运行人员不堪重负的局面，李辉成功研发“不停电快速调电装置”，极大地解放了人力资源，降低了电网运行风险，缩短了用户停电时间，填补了国内无专用快速调电装置的技术空白，并成功转化为产品。

2003 年 4 月 28 日，国务院新闻办公室在京举行中外

2015 年，李辉被授予全国劳动模范称号。图为李辉在人民大会堂留影

记者见面会，李辉受邀与中外记者就“技能成才、技能报国”进行现场交流。这一天，他换上了一套西服，拿了两块最引以为傲的电路板上台介绍。

一块电路板诞生于20年前，是微机型风冷控制器的核心元件。那时，变电站主变压器循环散热控制系统都是由电磁元件构成的，故障率高，极端情况下会导致变压器被迫停运。2001年，李辉自主设计电路板、编程、调试，制作了国内最早的微机型风冷控制器验证机，提高了散热系统的工作稳定性。当时由于条件限制，这个成果没有推向市场。李辉劳模创新工作室成立后，他牵头不断优化改进设备，与厂家合作研制出微机型散热系统推向市场。2020年，他带领团队主导编制的国家标准得到实施，目前国内所有电力系统变压器的风冷控制系统都在按此标准生产销售。

另一块电路板诞生于2018年，安装在他们团队自主研发的“不停电自动快速调电装置”里。面对记者疑问，李辉介绍了这块神奇的加载独创算法的电路板。原来，随着电网的发展建设，为了限制系统的短路电流，大量的高短路阻抗变压器已成为电网建设的必要装备，这对于使用试验电压测量分析变压器二次回路接线正确性提出了极高的要求。为此，他带领团队自主设计、研发了这块电路板，同时通过自主编程、发明新算法最终形成了实体装置，解决了高短路阻抗变压器用试验电压测量、绘制主变二次回路电流相量困难的国际性技术难题。

获奖归来，李辉回家后第一件事是脱下西服，换上了

2023 年 4 月 28 日，国务院新闻办公室举行中外记者见面会，李辉手持团队自主研发、设计的电路板与中外记者见面交流

最喜欢的工作服，然后一头扎进了工作室，努力把开会花费的时间补回来。

一个人出名后，慕名前来采访的记者就多了，需要参加的各种会议也多起来。说起来，李辉不反对采访，也不反对开会，唯一心痛的是时间。后来，邀请自己去作报告的单位也越来越多，李辉总是觉得时间不够用，只能压缩自己的休息时间。深夜的时候，宋庆林心疼师父，总是劝他适当休息一下，但李辉总是说：“没事，干就行了，我身体比你们年轻人还好，挺得住。”

宋庆林非常无奈，其实他知道，师父50多岁了，身体并不像他说的那么好，毕竟岁月不饶人，长时间伏案工作，师父的颈椎、腰椎都是毛病。

李辉年过半百仍然不敢懈怠，其实是他内心一直有一种紧迫感。因为在“彩云之南”，一场关于绿色能源的革命正悄然兴起。特别是随着人工智能、量子科技的迅猛发展和国家新型电力系统建设的不断加快，李辉开始深度参与到各级各类科技项目和职创项目中，为发展新质生产力作出自己的贡献。但建设世界上技术最先进、特性最复杂、电力最绿色的全国首个省级异步联网的送端大系统，挑战非常艰巨。

云南电网供应了省内、省外、国外三个电力市场，不仅有10条特高压直流线路，内部还运行着小水电、风电、太阳能等多种电压等级的线路，整体呈现“省内交直流并联运行、国内多回直流远距离大容量输电、国际多个方向送受电”的网架特点。

同时，云南的绿色能源可开发总量高达2亿千瓦，位居全国前列，这不仅是自然的馈赠，更是云南推动高质量发展的强劲动力。然而，随着风电、光伏等新能源的规模化接入，云南电网也面临着前所未有的挑战。作为国内首个省级异步联网的送端大系统，其电网特性复杂且特殊，交直流并联运行、远距离大容量输电、多方向送受电等特点，使电网的运行控制难度显著增加。加上云南特殊的地理环境，地震、雷击、冰雹等自然灾害频发，对电力设备的稳定运行构成了严峻考验。

虽然在科技专家和李辉等一线产业工人的共同努力下，云南电网“水、风、光多能互补”一体化协同运行调度技术已经达到国内领先水平，但保障新能源电站的可靠电力送出，以及确保电网在复杂多变环境中稳定运行，还有很多亟待解决的关键问题。

所以，李辉经常勉励团队成员说：“我们的很多工作，都是在技术无人区探索；我们的技术突破，是在发展新质生产力，也代表着大国电网的技术突破，懈怠不得。”

当选“大国工匠年度人物”

2024 年 3 月 1 日晚，中华全国总工会和中央广播电视总台发布了 2023 年“大国工匠年度人物”，中国南方电网云南电网公司昆明供电局高级继电保护员、特级技师李辉入选，跻身“国宝级”技术工人行列，成为云南省和南方电网首位“大国工匠”。

这是继获得全国劳动模范、中华技能大奖、全国技术能手等荣誉后，李辉获得的又一殊荣。

大国工匠是高技能人才的杰出代表，实现大国工匠零的突破，云岭大地一片沸腾。对云南千千万万的产业工人而言，这次突破，将激励广大高技能人才进一步传承和创新劳模精神、劳动精神、工匠精神，深度思考大国工匠精神的深刻内涵和现实意义。

2024 年 3 月 22 日，云南省委书记、省委副书记等省领导，在昆明会见以李辉为代表的全省工匠技能人才，向为云南经济社会发展作出突出贡献的劳动者们致以崇高敬意。

这次会见中，李辉从“坚守本分、热爱学习、勇于创新”三个维度，向大家汇报了工作、学习和成长经历。

“我出生在一个工人家庭，从小受到的教育就是干一行就要爱一行，本分做人、踏实做事、不怕吃亏，一辈子安安心心地搞技术。1992 年 7 月，我从贵州电力学校毕业

当选大国工匠年度人物后，李辉（左）深入校园给学子讲述自己的奋斗历程

参加工作后，30多年来一直坚守在生产一线。其中有个插曲，就是1999年，组织上让我去当‘官’，当昆明东区供电分局的生产计划室主任，后来当了一年多，却全身上下都不舒服，就在2001年重新申请回到生产一线从事继电保护工作，守护云南电网这一世界上技术最先进、特性最复杂、电力最绿色的省级异步送端大电网。只有回到一线搞技术，我心里才踏实，才睡得好觉。

“电力系统是最复杂的现代工业系统之一，保障其安全稳定运行，不是小难题，而是一个世界级难题。2003年美加‘8·14大面积停电事件’和2018年巴西全国大范围停电，都是因为继电保护系统失效所致。我的拿手绝活绝技，就是让自动装置在千分之一秒的瞬间迅速响应和自动处理故障点，确保电网安全稳定运行。我学习的动力来源于一种紧迫感，因为当今世界科技革命和产业变革十分迅猛，知识更新加速到3年至5年翻一番。30多年来，我见证了继电保护装备从感应型、电磁型、晶体管型、集成电路型，再到如今的智能化微机的发展历程。从我个人来说，笔记本电脑刚面世不久，我就在1998年利用结婚时双方父母支持的一些钱，花18000多元买了一台6.5G、可以随身携带的奔腾Ⅱ笔记本电脑。一有空的时候，我就可以随时打开电脑研究电路图，不敢浪费一点时间。所以，我也经常告诉团队的年轻人，电网的技术迭代迅猛，你们读书学的教材一般都代表着二三十年前的科技水平，如果不重视学习、不持续学习、不终身学习，很快就会被社会淘汰。

“现在都谈新质生产力，其实工匠人才在发展新质生

李辉荣立南方电网公司个人一等功证书

产力上大有作为。从我个人来说，作为央企职工，我始终立足岗位创新创造，努力解决‘卡脖子’难题。科技是第一生产力、人才是第一资源、创新是第一动力、发展是第一要务。大国工匠是知识型、创新型技术工人的代表，是连接第一生产力、第一资源、第一动力、第一要务的重要‘枢纽型人才’，也是发展新质生产力的重要力量。今后，我将干好手里的活，带好身边的人，挑起担子，负起责任，为高质量发展贡献大国工匠力量！”

这次会见后，各大媒体纷纷派出新闻记者采访李辉事迹，各大院校也纷纷邀请李辉给大学生们讲一讲奋斗故事。特别是《工人日报》在头版刊文，用大篇幅讲述了李辉 32 年来一直用专业技能守护电网安全的感人故事。

多年来，作为南方电网内训师，李辉通过各种途径精心收集整理了万余份专业技术资料，同时结合自身工作和现场实际，撰写了大量分析报告、课件、作业指导书等技术文献，2 项培训课程入选中国电力企业联合会“千课计划”，累计培训技能人才 1900 多人次、3900 多个学时。同时，面对“后继有人”的挑战，他探索研究“先入工作室、再回业务一线”的新员工培养模式，推动后备力量提升进入“快车道”。

情系大国电网“中国芯”

芯片是现代工业的粮食，让我国继电保护装置嵌入“中国芯”一直是李辉心中的愿望。

人无远虑，必有近忧。面对日新月异的新技术，李辉带领团队成员开始了新一轮的自我超越。这一次的研究方向，瞄准的是复杂国际环境下的电网安全。通俗地说，就是电网智能化后，如何让电力设备、器件和控制系统确实做到安全可控。

早在草铺变电站负责技术改造的时候，面对五花八门的“八国联军”设备，李辉就在默默思考电力安全的安全漏洞问题。由于中国电力系统曾经过度依赖外国设备而大量使用国外芯片，这些芯片中的安全漏洞或后门可能在网络对抗中成为对方的“撒手锏”，将给电网安全运行带来巨大的安全漏洞。

电网关键设备继电保护的核心芯片长期以来主要依赖进口，部分关键芯片甚至占据了国内市场的近九成份额。若这些芯片被禁运，将对国内继电保护领域造成重大影响。因此，只有在电网关键设备、关键器件、关键系统上提高国产化率，将来才不会受制于人！

十多年前，李辉和相关人员讨论电网“芯片”安全问题，很多人认为李辉是杞人忧天。但后来国际上发生的一系列电网被攻击事件，证明了李辉的远见。

2015 年 12 月 23 日，乌克兰电力部门遭受到恶意代码攻击，导致 7 个 110 千伏的变电站和 23 个 35 千伏的变电站出现故障，造成停电长达 6 小时，直接影响超过 20 万名居民。这次事故是网络黑客首次通过网络攻击导致电网停电的大事故，证实了通过网络攻击电网系统是可能和可行的，引发了国外媒体的高度关注。

此后，在国际上由黑客攻击一国电网并造成严重后果的真实案例屡有发生。比如 2019 年，南非约翰内斯堡的电力公司遭受勒索软件攻击，导致若干居民区的电力中断；2019 年，委内瑞拉电力系统多次遭到网络攻击，导致大规模停电；2020 年，巴西电力公司遭受勒索软件攻击，被黑客勒索 1400 万美元……

这些电网被黑客攻击事件发生后，李辉每每想起电网安全问题，就睡不着觉，就想着可以为大国电网安全做点什么。

李辉在工作室默默做一些试验，探索把国产芯片移植到自己发明的一些设备上来。他相信，只有实现电网关键

2024 年 11 月，李辉（左）在芬兰参加中国职工对外交流中心组织的培训

设备和控制系统的芯片国产化，才能真正做到安全、自主、可控，将来才不会受制于人。

李辉把这个想法给昆明局的领导做了汇报，并得到了各级工会的支持。后来，在中华全国总工会《基于龙芯的保护、测控、在线监测一体机验证平台》项目的资助下，李辉团队顺利完成了初步验证机开发，并取得了不少成果。

但最让李辉高兴的，就是南方电网“伏羲”芯片的崛起，为自己的科研工作提供了高质量的“中国芯”。

原来，李辉团队最早进行国产化替代选用的芯片，属于通用芯片，还不能为电力装备提供场景化的支撑，满足特定计算需求和处理专业化数据。

南方电网在“伏羲”芯片的研发上投入了巨大资源。当前，“伏羲”芯片作为国内首颗电力专用芯片，不仅保障了芯片核心知识产权的自主可控性，还为电力装备提供了强有力的算力支撑。此外，“伏羲”芯片还创新性地融入了满足电力工控应用需求的电气参量计算、电力网络通信以及数据并行处理等专用硬件算法 IP，从而有效满足了电网数字化转型对基础算力的提升需求。与市面上采用国外指令架构体系的工业控制芯片相比，“伏羲”芯片展现了其在技术上的独特性和领先性。

有了专业的“伏羲”芯片加持，李辉的劲头更足了。未来 3 年内，他和团队将聚焦突破国外核心技术垄断，开展 8 个有关项目的攻关，着力“伏羲”芯片深度应用，争取早日让每一座变电站嵌入“中国芯”。

后　记

2023年，我与李辉正式相识。当时，我正负责《云南省全国劳模口述史》第一辑的编撰工作，就约李辉在省总工会七楼的职工书屋接受采访。

一

这次采访，李辉给我留下了深刻的印象。特别是谈到发明创造时，李辉说了几段至今让人难以忘怀的话：

“现在的社会，不知什么时候开始有一种偏见，或者说有了一道身份和思想的巨大鸿沟。很多人认为，发明创造和创新工作是科学家、工程师的事情，工人就是做工的，分的是楚河汉界、泾渭分明。其实，这个思想不符合发明创造和创新创造来源于生产实践的真谛。现在很多科研人员的科技发明，不能很好地转化为现实生产力，我觉得本质上还是和生产实践相脱离的结果。

“中国古代有四大发明，每一项都是劳动人民的重要创造。新中国兵器工业的开拓者吴运铎同志，只是煤矿学徒出身，完全靠自学成才，但并没有妨碍他成为中国兵工功臣。从我父辈那一代看，工人发明家是全社会崇拜的榜样，比如中华全国总工会原主席倪志福就是著名的工人发明家，发明的‘倪志福钻头’时至今日还在发挥作用。”

李辉认为，创新创造不应该是哪个群体的专利，也不是个体的攻关，而是包括科学家、工程师、技术工人共同参与的一项“系统工程”，千万不能让技术工人缺位。所以，他年轻的时候学“屠龙术”，就是憋着一口气，想向大家证明一件事，就是创新对一线工人并非高不可攀，技术工人也是能做出事情来的，产业工人依然是有力量的。

二

采访快要结束的时候，李辉轻松站起来，告诉我说：“胡老师，我来自农村，对泥土有一种特别的眷念，后来就在家里的阳台上，种下了一棵槐树。”

这个世界上，只听说在阳台上种花、种草、种蔬菜的，在阳台上种树，我是头一次听说，也特别好奇。深挖之下，原来，李辉在阳台上种槐树是怀念姥姥和家乡了。

小时候，在河南老家，清明节过后，村子里的槐花就会开得很好，花是白色的，一点都不张扬，很纯洁、很清香。那个时候，李辉就会跟着姥姥去采集槐花，槐花采下来以后，可以做成槐花饼。昆明现在也有很多种鲜花饼，但他还是特别怀念姥姥做的槐花饼，那种很清香的槐花饼。

李辉说，我是“工二代”，其实也是“农二代”，我在阳台上栽树，或许也是一种乡愁。每每想起家乡，就想起了祖辈和父辈奋斗的艰辛，想起贫穷和快乐的童年。

这次采访后，我和李辉就熟悉起来。

有一次我去他家里做客，特意去看了他栽下的槐树，有3米多高，正伸展着枝叶，努力突破阳台的限制，拥抱着高原最强烈的阳光。后来，我和他在小区散步，又发现几棵郁郁葱葱的槐树。李辉得意地告诉我：“这些都是我一棵一棵从野外移回来栽下来的，现在成为小区绿化的一部分。”

三

2023年9月的云南省工会第十三次代表大会上，李辉当选省总工会副主席（兼职）。同年10月，在中国工会十八大上，李辉当选中华全国总工会第十八届执行委员会委员。

为了《李辉：彩云之南的“追光者”》的创作，我从2024年底开始，又采访了李辉多次。有一次，李辉在接受采访时，给我讲了参观长辛店劳动补习学校旧址的感受。

那是利用在北京开会的机会，李辉专门去长辛店劳动补习学校旧址参观学习。在讲解员的讲述中，李辉对工人阶级的使命有了更高的认识。

1921年，革命先驱李大钊来到长辛店劳动补习学校。他在黑板上竖写下“工人”二字，然后告诉大家：工人的“工”字，上边一横是天，下边一横是地，中间的一竖是人——工人顶天立地，工人是最伟大的阶级！

听完这个故事，李辉当时内心非常激动。后来，在一次宣讲活动中，李辉讲述了自己对“工人顶天立地”的理解。他对广大职工说：“产业工人要顶天立地，就是要在党的号召下闻令而动，要在急难险重之处，烙印责任担当。”

李辉表示，他和团队将始终牢记嘱托、砥砺奋进，以“劳模工匠助企行”等活动为载体，紧扣新型电力系统、数字电网、透明配电网建设，以更高站位、更大格局，把新时代工匠精神发挥到党组织最关心的地方。

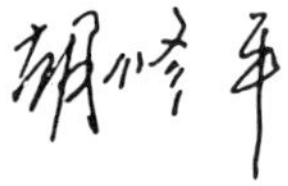

2025 年 4 月